Olet, mitä olet.
Vaikka muut näkevätkin sinut

omista näkökulmistaan

ja itsekin näet itsesi

hyvin subjektiivisesti.

© 2025 Hannu Virta
Kustantaja: BoD · Books on Demand,
Mannerheimintie 12 B, 00100 Helsinki,
bod@bod.fi
Kirjapaino: Libri Plureos GmbH,
Friedensallee 273, 22763 Hampuri, Saksa
ISBN: 978-952-80-9530-9

Ihmiseksi kasvamisen taito

Etsiminen on löytämistä
Löytäminen on tunnistamista
Ilman tunnistamista vain leijumme
Mutta onhan sekin joskus ihan kivaa
Aina välillä...
Parasta kuitenkin on löytää oma tiensä

Prologi

"Kuka tahansa voi koska tahansa löytää Tien.
Kuka tahansa voi koska tahansa kadottaa Tien"

Alan B. Watts, Zen guru

Pikkulinnut lentävät pesästään lähes heti kuoriuduttuaan. Sorsanpoikaset seuraavat emoansa uintiretkellä. Eläinkunnassa on erilaisia aikuistumistapoja. Jokaiselle eläinlajille ominaisia. Ihmisillä aikuiseksi kasvaminen on pitkähkö prosessi.

Mitä sitten aikuistumisella tarkoitetaankaan. Yleisesti ottaen se merkitsee kykyä huolehtia itsestään. Myös sosiaalistumista ja laajempien kokonaisuuksien hallintaa.

Maailmassa, jossa on parisataa valtiota ja yli 8 miljardia yksilöä, tämä ei ole aivan yksinkertaista. Miten ihmeessä kaikki voisivatkaan ymmärtää toisiaan?

Ongelmia syntyy. Vuorovaikutus erilaisten näkökulmien välillä voi olla vaikeata.

Ihmisten ongelmat ovat pääsääntöisesti kommunikatiivisia tai vallan käyttöön liittyviä. Olisi tietysti yksinkertaista, jos meillä olisi yhteinen koodisto, jonka mukaan toimia, mutta kun sellaisen laatiminen jo on ongelmallista, olemme käytännössä jatkuvassa konfliktitilassa.

Tämä voidaan nähdä tietysti joko haasteena tai ongelmana.

Ajatus tästä kirjasta alkoi kehittyä mielessäni jo lähes 40 vuotta sitten vietettyäni talven Ronald Reaganin Yhdysvalloissa sekalaisista syistä.

Silloin US-Army kaupassa pisti silmään värväysjuliste, jossa luki " BE ALL YOU CAN BE!"

Tietenkin kyse oli pyrkimyksestä värvätä armeijalle tappajia, mutta rupesin ajattelemaan asiaa vähän eri kannalta. Entäpä, jos ihmiselle olisikin mahdollista kasvaa parhaaksi versioksi itsestään...

Rohkaistua kehittämään itseään, ominaisuuksiaan ja taitojaan.

Kaikki hienot ideologiat ovat tietenkin pyrkineet maailman parantamiseen, mutta niiden rajoitteena on ollut ulkokohtaisuus ja se, että ne ovat kannustaneet ihmistä seuraamaan laumoja sekä niiden johtajia. Laumat ovat taas etsineet vastauksia itsensä ulkopuolelta ja tukeutuneet johtajiensa karismaan tai muuhun vahvalta vaikuttavaan.

Itsenäisenä taas helposti ilman johtajan apua tuloksena on ollut hämmentävä kaaos...tai jotain vielä tuhoisampaa.

9

George Orwellin "Eläinten Vallankumous" tarjoaa humoristisenkin kuvauksen siitä, mihin voidaan päätyä, jos yritetään saada aikaan ihanteellista yhteiskuntaa. Tasa-arvoisessa yhteiskunnassakin toiset haluavat olla tasa-arvoisempia kuin muut. Tulos voi olla katastrofaalinen. Ei toisaalta hallitsematon tilakaan ole hyvä. Silloinkin vallan nappaa joku, joka katsoo itsellään olevan siihen oikeus.

Ilman lakia ja järjestystä on vaikeata kuvitella yhteiskunnan pysyvän kasassa, vaikka anarkisteilla onkin siitä ihanteellinen utopia.

Utopiat voivat olla kauniita, mutta ne törmäävät ihmisten monenlaisiin todellisuuksiin ja eturistiriitoihin.

Ja vallan käytön erilaisiin kummallisuuksiin.

Edellisessä kirjassani "Mitä sinä haluat?" tarkastelin ihmisten toiveita ja haluja. Tämä on tavallaan jatkoa sille, sillä yritän tässä hyvin karkein vedoin määritellä sitä, mitä ihminen voi olla, jos hänellä on ns. mahdollisuus kasvaa täyteen mittaansa.

10

Mitä on ihmisyys? Uskon, että jo siitä syntyy erilaisia käsityksiä.

Uskonnolliset ja poliittiset liikkeet suhtautuvat asiaan dogmaattisesti ja luovat hyvän ja pahan välisen taistelun, jolloin vastapuoli nähdään demonina ja oma puoli enkeleinä. Ikään kuin elämä olisi peliä. Universum ei tunne hyvän ja pahan käsitettä eikä myöskään ei-sanaa.

Kovin pitkälle ei siis päästä tällaisessa pelissä. Hyvän ja pahan määrittelykin on riippuvainen lähtökohdasta. Tosin tietyt asiat ovat yksiselitteisempiä kuin toiset.

Niinpä. Ihan yksinkertaista ei ole määritellä, mikä olisi hyvää kaikille.

Kun leijonauros kuolee, lauman uudeksi johtajaksi nouseva uros surmaa vanhat pennut. Luonnossa tämä vain tapahtuu, vaikka meidän näkökulmastamme se tuntuukin kovin julmalta. Rukoilijasirkkanaaras taas pistää poskeensa uroksen parittelun jälkeen käyttääkseen sitä ravinnoksi jälkeläisille. Ei kuulosta kovin hyvältä tämäkään ihmisnäkökulmasta.

Kuitenkin me ihmiset kykenemme uskomattomiin hirveyksiin keskuudessamme. Usein vielä niin, että emme sitä itse edes tajua.

Vain ihminen kykenee tuhoavaan ajatteluun ja suoranaiseen ilkeyteen ilkeyden vuoksi.

Tätä kirjoittaessani kevään kynnyksellä 2025 maailma elää ehkä vaarallisimmassa vaiheessa koskaan. Tai pitäisi puhua asuttamastamme planeetasta ja siinä vaikuttavasta elämästä. Kun kolmisenkymmentä vuotta sitten ydinsodan uhkaa kuvaava kello näytti 7 minuuttia vaille keskiyötä, nyt se osoittaa 90 sekuntia vaille...

Miten tähän on tultu?

Ja onko tästä mahdollista vielä pelastua? Ja miten? Tämä ei ole mikään ohjekirja tai edes tietokirja vaan vanhanaikainen pamflettikirja, jossa esitän erilaisia näkökulmia ja havaintoja. Voit täydentää niitä omillasi.

Olennaista maailmaan integroitumisessa on oppia tuntemaan itsensä ja sitä kautta löytää tie mikro- ja makrokosmosten kohtaamiseen.

Mielellään rakentavasti.

Jos kaikille maailman ihmisille annettaisiin mahdollisuus kasvaa omaan mittaansa, voisi meillä olla aika erilainen elämän tila tällä planeetalla. Elämme kuitenkin maailmassa, jossa toiset hallitsevat ja muut kulkevat heidän viitoittamaansa tietä.

Ajan henki määrittelee, mitä kohti kuljetaan ja mikä taas ei ole arvossa.

Jos ne huikeat energiavarat ja rahasummat, jotka tällä hetkellä suunnataan aseteollisuuden pohjattommaan kitaan, suunnattaisiin inhimilliseen kasvuun, eläisimme lähempänä paratiisia kuin 90 sekunnin päässä häämöttävää ydinsotaa.

Elämme jälleen ihmiskunnan kohtalonhetkiä, vaikka voisimme nauttia luonnon meille tarjoamista ihmeellisyyksistä. Epäoikeudenmukaisuus rehottaa ja niillekin, joilla on mahdollisuus toteuttaa itseään lähes rajoittamattomasti, maailma avautuu lähinnä hyväksikäyttökohteena. Silloin ego määrittelee myös elämänarvot. Yhteinen hyvä tosin joillekin tulee sitten mukaan kun verotuksessa siitä saa hyötyä.

Kyynisyys saa helposti otteen kun ajattelee tätä maailmaamme.

Kuitenkin meillä on vain oma osamme. Suurempi tai pienempi. Rakentamalla itsemme kokoisen maailman, voimme ainakin jossain määrin myös määritellä sen arvot ja sisällön.

Itsensä tunteminen voi olla tietysti haasteellista, mutta se on prosessi, jota ei pitäisi antaa muiden tehtäväksi, vaikka tarvitsemmekin vuorovaikutusta ja vuoropuheluja.

Hektinen elämä haasteineen saa monen väittämään, että moiseen ei ole aikaa, mutta kyse on prioriteeteista.

Omaksi itsekseen kehittyminen ja kasvaminen voi myös olla hyvin antoisa kokemus.

Luonnossa eliöt kasvavat luonnostaan omaan mittaansa.

Perhoset kehittyvät toukista, kukat siemenistä taimien kautta. Ruususta tulee ruusu ja tulppaanista tulppaani. Luonto ei juuri erehdy.

Ehkä lähinnä ihmisen kompleksista kasvua on harvinaiseksi tullut salamanterilaji nimeltään Aksolotli (Ambystoma mexicanum). Meksikossa elävä aksolotli ei välttämättä kasva koskaan "aikuiseksi" vaan usei(mmite)n jää toukka-asteelle.

Tietyissä olosuhteissa ne kuitenkin voivat kehittyä salamanterieläimiksi, jolloin kidukset surkastuvat ja ne ryömivät maalle. Samalla kun olomuoto muuttuu, myös niiden näkökyky alkaa kehittyä.

Tutkijat ovat puuttuneet niiden yksilökehitykseen keinotekoisesti hormoonikäsittelyllä, jolloin ne ovat voineet kasvaa aikuisiksi niin sanotusti.

Luonto on ihmeellinen ja ihminen kekseliäs.

Ihmiskunnan ongelmien taustalla vaikuttavat muutamat perusjutut.

Yksi niistä on tietenkin vallan epätasainen jakaantuminen, joka luontevasti johtaa ihmisten eriarvoisuuteen.

Toinen on kohtaanto-ongelma.Edellisestä johtuen ihmisten erilaiset lähtökohdat vaikeuttavat keskinäistä kommunikointia, joka perustuu mielikuviin. On vaikeata nähdä toista ihmistä sellaisena kuin hän on, joten kohtaamme yleensä vain mielikuvamme.

Sitten tietysti ne ihmismielen 7 kuolemansyntiä...

Muutos ei ole mahdoton, mutta haasteellinen.

1. Hyvän puolesta vai pahaa vastaan?

"Kun lähdet kostamaan,
kaiva kaksi hautaa..."

Sanonta Villistä Lännestä

Kouluhistoriassa kerrottiin tarinoita sotapäälliköistä ja valloitusretkistä. Jokainen oli tietenkin Hyvän puolella Pahaa vastaan. Niinpä tarinat poikkeavatkin toisistaan ratkaisevasti juuri näkökulmasta riippuen.

Jumalatkin ovat aina sopivasti omiemme puolella niitä "muita pahoja " vastaan siunaamassa aseitamme.

"Ei mitään uutta auringon alla", totesi jo aikanaan kuningas Salomo, joka sentään halusi jonkinlaista oikeutta.

Valistusajalla luotiin vallan kolmijako-oppi Montesquieun ajatusten pohjalta. Siinä lainsäädäntövalta, tuomiovalta, ja käytäntöönpanovalta pyrittiin erottamaan toisistaan niin, että tyranniaa voitaisiin hillitä.

Hyviä pyrkimyksiä, kuten orjuudenkin poistaminen ja muukin segregaatio. Vaan käytäntö tuppaa olemaan usein jotain ihan muuta.

Vanhoja hyviä aikoja muisteleva voi miettiä kuitenkin sitä, että antiikin demokratiakin koski vain vapaita miehiä. Ei siis naisia, lapsia eikä orjia.

Yhdysvaltain perustuslaissakin on tämä jako vaikka sitä onkin yritetty modernisoida meidän ajallamme.

Jokainen voi itse tykönään pohtia, miten siinä on onnistuttu.

Mielenkiintoinen yksityiskohta Yhdysvaltain Perustuslaissa on kyllä se, että jokaiselle annetaan oikeus onnen tavoitteluun. Uskon kyllä, että siinäkin on ollut aidosti hyvä tarkoitus.

Nykyaikainen versio aiheesta kuitenkin on se, että vapautta ja onnea symbolisoi mahdollisuus tilata roskaruokaa kotiin kuljetettuna. Tai demonisoida erilaiset näkemykset sekä dehumanisoida niiden esittäjät. Hyvesignaloinniksi sitä kutsutaan.

Näinpä... tie kadotukseen kulkee usein hyvien aikomusten kautta.

Maailma kuitenkin elää ja pysyvintä on liike.

Niinpä – ehkä onneksi – emme voi ennustaa tulevaisuutta luotettavasti.

Imperiumit kuitenkin tulevat ja luhistuvat. Yleensä ne luhistuvat silloin kun niiden sisäinen rakenne muuttuu tuhoavaksi. Näin taas tapahtuu kun valta turmelee – ja ehdoton valta turmelee ehdottomasti.

Ihmisiän rajallisuus saa unohtamaan tietyt lainalaisuudet ja sen, että sotien valloitetut alueet ennen pitkää haluavat itsenäistyä itsekkäistä hallitsijoista.

Eräs vanhimpia unohdettuja oppeja on se, että provosoituminen saa vain tuhoa aikaan.

"Oikeutettu kosto" taas lienee yksi niistä sotahuudoista, joilla voidaan saada kansat tuhoamaan toisiaan. Myös veli voi nousta veljeä vastaan ja vasta valtavan tuhon ja tappamisen jälkeen päästään jonkinlaiseen uuden rakentamiseen. Se voi viedä paljon aikaa...

Sota tuhoaa. Väkivalta on ongelma. Lopullinen ratkaisu on täystuho. Näin ollen paras vaihtoehto on rakentaa maailmaa sillä energialla, joka vähentää tuhoa ja kärsimystä. Yhdessä.

Toisen maailmansodan jälkeen vuonna 1948 julistettiin YK:n Ihmisoikeuksien Julistus.

Todella hieno ja kattava kokoelma hyviä tavoitteita, joiden piti turvata ihmiskunnalle sodaton tulevaisuus. "Ei enää koskaan sotia", uskottiin...

Vaan toisin kävi.

On aika halpaa lähteä etsimään syyllisiä kun ongelmat koskettavat meitä kaikkia. Parempi tapa on etsiä syitä ja pyrkiä vaikuttamaan niihin. Lähihistoriasta muistamme, miten Pahuutta pyrittiin poistamaan maailmasta jahtaamalla Saddamia, Osamaa ja Gaddafia, mutta maailma ei siitä parantunut rahtuakaan. Pikemminkin päinvastoin. Terrorismin vastainen sota ei oikein kuulosta uskottavalta kun se on käytännössä oman terrorismin hyväksymistä.

Kuitenkaan ei pitäisi myöskään hyväksyä vääryyttä – edes passiivisesti.

Ihmisenä oleminen on aika ristiriitaista, sillä meihin vaikuttavat monenlaiset voimat, jotka johtavat hyvin helposti konflikteihin, joista selviäminen ajaa meidät tuhoisiin reaktioihin.

Vaikka ne voisivat myös toimia herätteinä toisenlaiseen toimintaan.

Hyvä lähtökohta olisi muistaa, että ei ole niitä "muita". Vain me Homo Sapiens-lajin edustajat, jotka olemme vastuussa toisistamme ja tästä planeetasta, joka meille on annettu elinpaikaksi.

Tästä lähtökohdasta on aika murheellista havaita, miten kauas tavallisen ihmisen ulottuvilta on valta karannut .

Neoliberalismin myötä varsinainen kansanvalta on muuttunut korporaatiovallaksi, jossa vain voittajat noteerataan. Kansa saa tulla toimeen sillä, mitä jäljelle jää. Tämän päivän velkavetoisessa järjestelmässä erilaisilla tulonsiirroilla, joita vielä pyritään minimoimaan vedoten velkatalouteen.

Rahaa on enemmän kuin koskaan. Se vain pyrkii ennestään rikkaiden sijoittajien ja mammuttiyhtiöiden luo.

Ihmisten joukkovoimaa rajoittamaan perustettu järjestelmä on lisäksi onnistunut saamaan ihmiset niin passivisiksi, että meistä on tullut hallintoalamaisia, jotka tyytyvät etsimään halpoja ratkaisuja olosuhteiden pakosta ja elämään varsin näköalatonta elämää..

Kauas on tultu siitä utopiasta, josta valistusajan kirjailijat haaveilivat.

Vapaus, veljeys tasa-arvoisuus...
George Orwellin ennustukset ovat lähempänä tätä päivää.

Ja kuitenkin meillä on mahdollisuuksia vaikka mihin.

Yritin tämän vuosituhannen alussa perustaa osuuskuntaa, jossa sen jäsenet olisivat voineet myydä työvoimaansa mahdollistaen elämänsä parantamisen tilanteessa, jossa työttömyystukien passivoiva luonne oli jo ajanut monen toivottomuuteen. Sen sijaan, että ihmisiä olisi aktivoitu oman elämänsä rakentamiseen, systeemi pyrki jakamaan rahaa erilaisten taulukkojen mukaan . Tämä tietysti siksi, koska kaikille ei kerta kaikkiaan riittänyt töitä. Työnantajavallan vuoksi niillekin, joilla työtä oli, maksettiin vain sen verran, että yleensä voitiin pyörittää järjestelmää jotenkin.

Silloin oli vielä jonkin verran julkista taloutta jäljellä. Nyt on kilpailulakien perusteella valtion yritystoimintakin siirretty sijoittajille, jotka sitten ovat myyneet kaiken niin, että entiset terveyskeskuksetkin ovat ovat kuihtuneet, elleivät ole tykkänään lopetettu. Tilalle ovat tulleet monikansalliset sijoitusyhtiöt.

Kaikki sen nimissä, että elämme kilpailuyhteiskunnassa, jossa pitää "pärjätä".

Nekin, jotka pärjäävät, huolehtivat lähinnä itsestään koska eivät halua pudota osattomien luokkaan, joka kasvaa.

Jos Kiinassa on nostettu köyhyydestä 700 miljoonaa ihmistä keskiluokkaan, meillä suuntaus on ollut toisinpäin.

Tässä voikin olla selitys sille, että Kiinalla menee taloudellisesti huippuhyvin.

Voisi ajatella, että muutos meilläkin olisi välttämätön. Siitä ei kuitenkaan ainakaan vielä näy merkkejä.

Tämänhetkinen henkinen tila maassa on enemmän negatiivinen kuin koskaan elinaikanani. Kun tärkeimmäksi tavoitteeksi on asetettu edellisen Yhdysvaltain hallituksen jäljiltä oleva projekti naapurimaamme Venäjän hajoittamiseksi ja Vladimir Putinin kampeaminen vallasta, jää vähän huomiota todellisille epäkohdille, joita kuitenkin on paljon, vaikka maailman onnellisimmaksi kansaksi meitä halutaankin kutsua.

Valtamedia toistaa päivästä toiseen, että kolme vuotta sitten Putin keksi sodan ja Pahuuden sekä kävi ilman syytä Ukrainan kimppuun.

Tätä Mediapoolin luomaa narratiivia on nyt hoettu niin kauan, että osa kansasta on valmis paljastamaan omat demoninsa Venäjävihan kautta.

Kaikki keskustelut aiheesta ovat lähestulkoon mahdottomia, koska pelko putinistiksi leimautumisesta estää tehokkaasti vähänkin monipuolisemman keskustelun.

On ilmennyt, että ihmiset on helpompi saada taisteluun "pahaa" vastaan kuin työhön oman elämänsä parantamiseksi.

Oma yritykseni osuuskunnan perustamiseksi kaatui siihen, että nekin, jotka olisivat olleet kiinnostuneita olettivat minun hoitavan kaiken ja kantavan vastuun kaikesta. Idea oli kuitenkin, että he olisivat voineet keskittyä työntekoon ja itse voineet tarjota osuuskunnan kautta omaa osaamistaan. Helppo raha kiinnosti enemmän.

Neoliberalismin idea ja mainoskuva helposta rahasta ideaalina oli jo saanut vallan.

Joillekin tietysti rahaa kertyy tässä järjestelmässä järjettömän paljon ja kun nämä tyypit elvistelevät onnekkuudellaan, onkin ollut yksinkertaista levittää ideologiaa, että köyhät ovat itse aiheuttaneet oman tilansa ja kaipaavatkin vain keppiä.

Rikkaille taas halutaan verohelpotuksia.

Tämä projekti alkoi Suomessa jo vuonna 1989 kun koko kansalle levitettiin "ilosanomaa" verotuksen kevenemisestä.

Käytännössä se tarkoitti julkisen sektorin alasajoa.

Kun naapurissa sijaitseva valtio oli nimellisesti vasemmistolainen, oli se toiminut patona työnantajien mielivallalle. Ehkä tosiaan pelättiin, että muuten meillekin tulisi keskusjohtoinen kommunismi ellei työntekijäpuolelle maksettaisi jollain lailla kohtuullista korvausta panoksestaan.

Raaka peli. Eipä toiminut savijaloilla seisova jättiläinen, mutta eipä ole osoittautunut kovin hyvin toimivaksi velkavetoinen neoliberalismikaan, joka ajautui päätyyn jo 2008 finanssikriisin aikaan. Sen jälkeen Yhdysvallat on onnistunut pitämään sitä hengissä, koska talousjärjestelmän täydellinen romahdus olisi koko läntistä maailmaa koskeva katastrofi.

Onko järjestelmän säilyminen hinnalla millä hyvänsä vai ihmisten elämä tärkeämpää?

Tätä tulee miettineeksi kun kaikessa puhutaan pelkistä rahasummista. Yleensä vielä miinusmerkkisistä eli velan määrästä.

25

Nyt näillä summilla perustellaan sosiaalitukien leikkauksia. Pelin henkeä kuvaa, että samanaikaisesti rahaa asevarusteluun täytyisi löytyä aina vain enemmän.

Jossain vaiheessa täytyy tulla näissäkin asioissa raja eteen. Raja, jolloin ihmiset lähtevät liikkeelle muuttamaan asioita.

Huono juttu on, että silloinkin helposti syntyy enemmän tuhoa, jos ei ole olemassa selkeää vaihtoehtoa.

Jos seuraa meidän keskitetysti omistettua yksityistä mediaa ja oikeistovoimien hallitsemaa YLEä, meille välittyy varsin dystooppinen kuva maailmasta.

Minä lopetin valtamedian päivittäisen seuraamisen kun huomasin sen jankuttavan omaa jargoniaan päivästä toiseen vuoroin pelotellen vuoroin masentaen yksipuolisella maailmankuvallaan.

Negatiivisuudella myyvä skandaalimedia luo narratiiveja, joilla meitä yritetään hallita passiivisiksi hallintoalamaisiksi. Toimittajista tehtiin sisällöntuottajia, joten varsinaisen tiedonvälityksen tehtävä on siirtynyt itsenäisille toimijoille, joita sentään löytyy sosiaalisen median puolelta ja vaikkapa youtuben tapaisista toimijoista.

Niissäkin tieto kilpailee disinformaation kanssa, joten vaatii vaivaa löytää tieto siitä, mitä oikeasti tapahtuu ja mikä vaikutus sillä on meihin.

Kuitenkin vain sitä kautta voi päästä jotenkin selville siitä, mistä on kysymys tässä maailmassa. Helppoa se ei ole, sillä maailma elää ja eilisen totuudet voivat tänään jo näyttää toiselta.

Sen vuoksi en vielä korkkaa kuohuviiniä vaikka Trumpin ja Putinin neuvottelut Ukrainan proxysodan lopettamiseksi ovat jo alkaneet. Asiaan liittyy kuitenkin niin paljon epävarmuustekijöitä, että tätä kirjoittaessanikin ihmisiä kuolee rintaman molemmin puolin.

Tilanne on absurdi, sillä toisaalta sodan alkusyyt ovat jo selvillä laajalti ja USAID on lopetettu tai ainakin keskeytetty. Niin ollen Venäjä ja USA ovat normalisoimassa suhteitaan. USAlla on ensimmäinen presidentti, jonka pääagendana ei ole sotien ylläpitäminen ja synnyttäminen.

Muuten kannattaa muistaa, että Donald J. Trump on Yhdysvaltain presidentti ja Vladimir Putin taas Venäjän presidentti. Molemmilla on mandaatti hoitaa asioita oman maansa etujen mukaan.

Meidän asiamme taas ei ole puuttua kummankaan maan asioihin. Meillä tarvittaisiin hallinto, joka pitäisi oman kansan puolta.

Tuppaa vaan olemaan niin, että kun omiin ongelmiin ei kyetä tarttumaan, siirretään kansan huomio muualle.

Macchiavelli tästä jo kertoi satoja vuosia sitten.

Maailma sanojen vankina. Sen niminen mielenkiintoinen sarja muuten pyöri taannoin telkkarissa. Erkki Saksa sitä pyöritti, mutta sekään ei enää valista meitä.

Media – siis valtamedia – pyrkii esittämään meille maailman hyvin yksipuolisesti ja usein juuri se onkin olennaista, josta ei puhuta.

Minä en pidä siitä, että minua huijataan ja minulle valehdellaan asioista, jotka kuitenkin ovat tärkeitä. Olen kuitenkin tehnyt sellaisen päätöksen, että en lähde mukaan minkäänlaisiin vihaliikkeisiin tai vihaenergialla toimiviin tuhoprojekteihin.

Muistuu mieleen joskus 1960-luvulla suomalaisen everstin (tai joku upseeri...en ole varma hänen tittelistään) lausahdus kun puhuttiin aseistakieltäytymisestä.

Hän totesi aivan pokkana, että "mitähän siitäkin tulisi, jos kaikki kieltäytyisivät aseista?" Siis kaikki.

Eiköhän siitä syntyisi aika kiva maailma...

Me kuitenkin elämme nyt juuri tällaisessa maailmassa ja mitä tänään tapahtuu, on merkityksellistä. Jokainen tietysti kokee asiat omassa kuplassaan, mutta jollain lailla toivoisi, että edes joku valistusajan kirjailijoiden ajatuksista alkaisi saada elintilaa pelkkien kylmien talousnumeroiden sijaan.

Jokainen kuitenkin tekee makkaran mieleisekseen. Jos enemmistö ajattelee niin, että ilmaiset ämpärit ovat tärkeintä elämässä ja elämän sisällöksi riittää ostoksilla käynti, en voi kuin yrittää sopeutua jäljellä olevan elämäni ajan siihen.

Elämän rajallisuus estää minua lähtemästä julistamaan maailmalle vaihtoehtoista evankeliumia. Näen kuitenkin jollain lailla ilahduttavana sen, että löytyy niitä, jotka vielä kaiken tämän keskelläkin uskaltavat tehdä niin.

Julian Assangelle olisi voinut käydä niin kuin työväenaatteelle Suomessa.

Myös Nelson Mandela olisi voinut katkeroitua vankeudestaan aprtheidin ajan Etelä-Afrikassa.

Maailma kuitenkin elää ja muuttuu kaiken aikaa.

Mihin suuntaan? Siitä olemme kaikki vastuussa.

Kannattaa siis miettiä, minkä lipun alla marssii. Ennen kuin löytää itsensä pitelemässä käsikranaattia tai pommia valmiina heittämään sen lajikumppaneitaan kohti.

Olemme yhdessä tällä planeetalla ja vastuussa sen tulevaisuudesta.

Halusimmepa sitä tai emme. Nekin, jotka ovat päässeet VIP-aitioon.

2. Erilaiset energiat

"Ihmiset haluavat niin paljon ja kaikenlaista

ja heittävät kauniit päivänsä hukkaan.

Ja kun lähdön hetki koittaa,

he huomaavat olleensa onnellisia

vain silloin kun ovat rakastaneet"

Toivo Pekkanen

Suomalainen kirjailija

Elämä on energiaa. Tarvitsemme energiaa päivittäin. Ravitsemusterapeutti määritteli minulle päivittäiseksi energiantarpeeksi 2000 kaloria. Ihan vain systeemin ylläpitoon.

Toiminta on sitten vielä oma juttunsa.

Voinhan tietysti lysähtää sohvalle ja murehtia 90 sekunnin päässä ydinsodasta vaeltavaa maailmaamme tai sitten lähteä liikkeelle hoitaakseni päivän askareita.

Monenlaisia vaihtoehtoja.

Vaihtoehtojen runsaus voi myös olla sekä hyvä että huono asia.

Haahuilu eri vaihtoehtojen välillä voi tehdä elämästä hauraan ja suunnattoman.

Jokin voima meissä kuitenkin saa meidät valitsemaan vaistomaisesti suunnan, minne ajatuksemme johtavat.

Useimmilla eläimillä vaisto määrittelee kaiken.

Kissa esimerkiksi voi olla pitkiäkin aikoja rentoutuneena ja sitten silmänräpäyksessä ampaisee liikkeelle. Se ei fundeeraa, että pitäiskö lähteä kylille vai pelkästään kääntää kylkeä...

Lepokitkan voittaminen on kaiken lähtökohta.

Mikä sitten saa itse kunkin liikkeelle?

Dow Jones indeksi vai yksinkertaisesti nälkä?

Monenlaisia valintoja, koska meitä on täällä miljardeja.

Jos kaikilla olisi samanlaiset lähtökohdat, olisi helppoa sanoa, mikä on oikea suunta, mutta näinhän ei todellisuudessa ole. Tarpeita on myös hyvin monenlaisia. Puhumattakaan persoonallisuuksista.

Tuhatjalkainen rupesi miettimään, missä järjestyksessä liikuttaa jalkojaan...ja menetti liikuntakykynsä. Tällaista tarinaa kerrotaan kun kuvataan turhan funtsimisen vaaroja.

Ihmisellä on mahdollisuus valita , mihin energiaansa käyttää.

Eläimetkin huolehtivat jälkeläisistään ja

eliniäksi.

joutsenet esimerkiksi pariutuvat

Ihminen voi myös rakastaa ja perustaa energiansa siihen. Rakkaus elämäntapana ja asenteena on mahdollinen. Tosin itsekkyyttä ihannoivassa yhteiskunnassa haasteellista.

Neljä rakkauden muotoa kuvataan kreikankielessä: Philos, Eros, Storge ja Agape. Agape on näistä ylin ja ilmaisee ehdotonta rakkautta elämään sen kaikissa muodoissa.

Sitä voisi kuvata vaikka sillä, että ei ole erillisyyttä vaan kokemus on värähtelyä koko Universumin jaksoluvulla.

Kuulostaa ylevältä, mutta mm. Zen-ajattelu on lähellä sitä.

Rakastaa voi kuitenkin monenlaisia asioita. Tietenkin omaa kumppania, mutta myös ruokaa, matkustamista, lukemista, musiikkia, luontoa, eläimiä...myös itseään oikeassa suhteessa.

Valitettavasti voi myös rakastaa valtaa yli muiden sekä rahan haalimista yli oman tarpeen. Silloin se valtaa mielen niin, että kaikki muu vähitellen menettää merkityksensä. Lähinnä siksi, että sellainen rakkaus ei yleensä koskaan saa täyttymystään vaan vaatii aina lisää.

Maailmankirjallisuus tuntee useita tarinoita siitä, miten ihminen on myynyt sielunsa paholaiselle saadakseen jotenkin mielelleen rauhan.

No, eihän se tietenkään sitä kautta löydy.

Enkelit ja demonit ovat ihmisen luomia symboleja, jotka kuvaavat elämämme ristiriitaisuutta. Joskus voi etsiä elämästä hyvää ja päätyä kuitenkin tekemään jotain todella muuta.

"It's a jungle out there..."

On niin kovin helppoa myös nähdä maailma Hyvän ja Pahan välisenä taisteluna, jossa itse olemme tietysti hyvän puolella ja kunhan saamme ne vääräuskoiset peijjoonit tuhottua, tulee tuhatvuotinen rauha ja meidän puoli pääsee valtaan.

Uskokaa tai älkää, mutta tämä ei ole nykyajan keksintö vaan periaatteessa kaikki sukupolvet ovat uskoneet näin. Toivoneet ja taistelleetkin "hyvän" puolesta.

Paljonko maailma parani siitä, että Saddam, Osama ja Gaddafi surmattiin? Tai Ceaucescu? Ja miksi piti murhata Kennedyt ja Martin Luther King?

Ihmisessä on kyky äärimmäiseen hyvään tai äärimmäiseen pahaan. Gaussin käyrän mukaisesti useimmat meistä toimivat kuitenkin siinä 80 prosentin tasolla, jossa hyvä ja paha eivät pääse ylikorostumaan kuin hetkittäin. Muu aika menee selviytymisessä.

Selviytyminen on eläimille kuten muillekin eläville organismeille perustila, jonka vaarantuessa täytyy ryhtyä toimenpiteisiin. Silloin luontainen energia otetaan käyttöön.

Leijona voi näyttää pelottavalta – ja sitä se ihmisen näkökulmasta onkin – mutta sen toimintaa ohjaa kuitenkin tarve selviytyä. Saalistuksen jälkeen se vaeltaa jälleen rauhallisesti pesueensa ruokittuaan.

Leijonaa kuvataan ihmisten luomissa tarinoissa viidakon kuninkaana ja vaikka millaisena myyttisenä hahmona, mutta se on kuitenkin vain lajinsa edustaja, jonka täytyy elääkseen syödä ravintoketjussa alempia.

Näin toimii luonnon järjestelmä.

Biologiassa nämä asiat on selvitetty – kiitos ihmisten tekemien tutkimusten kautta historiamme.
Meillä on käytössämme koko ihmiskunnan historian tieto – kiitos internetin.

Bill Gates voi saada siis osittaisen synninpäästön giganttisesta omaisuudestaan, sillä Internet palvelee periaatteessa kaikkia maailman kansalaisia. Rahat tosin kulkeutuvat lopulta hänelle.

Käytännössä tietenkin asia on vähän monimutkaisempi, sillä tämän tiedon hyödyntäminen on sitten oma juttunsa. Olisi halpaa sanoa, että raha ratkaisee, mutta sitäkin enemmän ratkaisee se, millä ajatuksella sitä käyttää.

Siis rahaa. Ja sitä tietoa.

Maailma näyttää tietysti erilaiselta lottovoittajan silmin. Ja jos jokainen haluaa miljonääriksi, aina vain vähemmän porukkaa riittää varsinaiseen suoritusportaaseen.

Helppo raha houkuttelee. Ja helppo elämä.

No tietenkin.

"Se nyt vaan on tyhmää maksaa liikaa" kertoo jo Gigantin mainoskin kuin itsestään selvyytenä.

Mutta ne "ilmaiset lounaatkin" joku aina maksaa tavalla tai toisella.

Kieltämättä kuitenkin juuri internet on tuonut ulottuvillemme sen tiedon, josta ihmiset saattoivat vain haaveilla vielä viime vuosisadalla.

Keskiajalla tieto oli visusti suojassa eliitin varjelemana. Jo pelkkä lukutaidon levittäminen oli vallankumouksellinen teko.

Tavallinen kansa eli kurissa ja nuhteessa peläten esivaltaa ja sen mielivaltaa. Ne, jotka uskalsivat uhmata, poltettiin herkästi noitina. Tai muuten neutraloitiin. Valta koki uhkana kaiken, joka kyseenalaisti sen.

Ja nyt – onko mikään oikeasti muuttunut?

Internetissä leviää tietenkin kaikenlaista sisältöä jonka todenmukaisuutta ei aina ole helppo tunnistaa. Liikkeellä on propagandaa, disinformaatiota, misinformaatiota, vihapuhetta sekä suoranaisia valheita ilman muuta tarkoitusta kuin ihmisten mielen hämmentäminen.

Jos uskoo kaiken, mieli menee sekaisin kuten tuhatjalkaisella, joka menetti liikuntakykynsä pohtiessaan, missä järjetyksessä jalkojaan liikuttaa tarinan mukaan....

Tarvitaan siis medialukutaitoa, mutta aika lailla metsään mennään, jos sitä meille välittää jonkun ryhmän edunvalvoja.

Silloin Montesquieun vallan kolmikantaoppi ei toimi vaan meille seulotaan vain eliitille sopivaa informaatiosisältöä.

Hyvin olennaista kuitenkin kaikessa informaatiossa on se, mihin sitä käytetään ja mikä taho sitä tuottaa.

Sieltä viattomimmasta päästä voisi mainita ruoanvalmistusohjeet. Tosin nykyisin niissäkin on aika paljon tuotesijoittelua, mutta kaikille sopivia ovat vaikkapa vinkit, joiden avulla voi loihtia maukasta kotiruokaa ihan itse.

Säätiedotukset taas voivat olla luotettavia tai sitten ei.

Hankalammaksi menee juttu silloin kun media kertoo meille uutisia.

Ensinnäkin niiden valinta on jo arvostuskysymys. Ajattelu voi kuulostaa työläältä, mutta vain sen kautta voimme kasvaa ihmisiksi ihmisille. Aivan sattumalta ei meille syötetä oppia, että ajattelu on vaarallista...

Kaupallinen media on perinteisesti valinnut aiheensa oletetun vaikutuksen perusteella. Mitä shokeeraavampi juttu, sitä paremmin se myy. Niinpä meille muodostuva maailmankuva on aina vähän vinoutunut. Kaikkialla on vain katastrofeja tai jotain muuta tavallisesta arjesta poikkeavaa.

Maailma kuitenkin tapahtuu meidän arjessamme. Siis se maailma, jossa me elämme. Emme pääse vallan kabinetteihin päättämään asioista. Ainakaan useimmat meistä eivät pääse.

Mitä tapahtuisi, jos maailmanpolitiikasta päättäisivät torikokoukset, kuten demokratian alkuaikoina asioista päättivät tasaveroisesti kaikki vapaat miehet? Ehkä silloin kuitenkin useampi näkökulma tuli esiin kuin nyt kun puoluekuri vielä on tullut kuvaan mukaan ja pääasiallinen kysymys on, onko rahaa vai ei.

Mihin käytetään yhteisiä rahojamme? Yhdessähän kuitenkin kansantuotteen luomme.
Olennaista on myös, millä arvoilla ja energialla toimimme.

"It's all about economy, moron"...suurin piirtein näin sanaili Bill Clinton aikoinaan. Taloustiedettä pidetään nykyisin lähtökohtana kun puhutaan maailman tilasta. Tämä saa meidät ajattelemaan asioita voittopuolisesti sen mukaan, mikä on taloudellisesti kannattavaa, mitä taas ei.

Ihan sattumalta näin ei ole käynyt, sillä on ollut historiassa sellaisiakin aikoja, jolloin ihmisten hyvinvoinnista on ollut kysymys.
Politiikan pitäisi olla yhteisten asioiden hoitoa.

Sodan jälkeen maan jälleenrakennus tarvitsi kaikkien panostusta, joten ihmisten työtä arvostettiin. Palkansaajat ja työnantajat neuvottelivat yhdessä sopimuksia ja taloudellinen kasvu vaikutti jatkuvalta. "What goes around, comes around..." eli kaikella on aikansa.

Jossain vaiheessa valtaideologiaksi tuli Neoliberalismi, jota tietenkin markkinoitiin jälleen vapauden voittona. Eräänlaisena kansankapitalismina, jossa kuka tahansa voi tulla miljonääriksi – oikeilla sijoituksilla.

Vähemmän kerrottiin siitä, että kyse oli siis vain rahan liikkeiden vapauttamisesta. Ihmiset ovat tässä järjestelmässä käyttövoimana.

Tietenkin näin on kaikissa järjestelmissä. Hallitseeko politrukki vai oligarkki? Huomaako tavallinen kadun tallaaja oikeasti omassa elämässään eroa?

Tuskin käytännön tasolla, sillä työn ja pääoman ristiriita ei ole kadonnut mihinkään. Se kuitenkin näyttää erilaiselta kun se esitetään erilaisilla mielikuvilla.

Ja me elämme itse kukin omissa mielikuvissamme.

Tästä johtuen on merkityksellistä, mitä mielikuvia seuraamme.

Mihin energiamme suuntaamme, siitä tulee elämämme sisältö.

Niin yksinkertaista se on.

Helposti elämämme alku menee muita miellyttäessä ja vieraannumme todellisesta minästämme siinä pelissä helposti.

Kuka minä olen?

Usein joskus kolmikymppisenä itse kullakin tulee tämä kysymys mieleen. Joillakin aikaisemmin, joillakin myöhemmin. Joillakin ei koskaan. Itselläni kolmikymppisenä tapahtui herääminen elämän realiteetteihin. Ensin syötettyjen arvojen kyseenalaistamisena, sitten omien löytämisenä.

Olemme erilaisia. Jokaisella on oma tiensä kuljettavana itsetuntemukseen.

Meditaatio voi olla tapa poistaa turha kuona mielestä. Sitä suositellaan noin 20 minuuttia päivässä ja asiantuntijoiden mukaan kokonaista tuntia, jos uskoo ettei sitä tarvitse.

On niin helppoa hukkua elämän hektisyyteen ja täyttää elämänsä asioilla, joita ei itse oikeastaan edes tunne omikseen. Ostamalla hankittu arvostus täytyy aina päivittää uusilla ostoksilla.

Pelkkä ajatus siitä, että olen ainutkertainen olento tässä maailmankaikkeudessa ei välttämättä välähdä kaikille mieleen koko elämän aikana.

Ihmismieli kuitenkin pystyy käsittelemään vain tietyn määrän asioita.

Jos luolamies raahasi pyydystämänsä saaliin perheelleen ruoaksi ja sen jälkeen pyllähti kylläisenä pitkälleen, joutuu nykymies tekemään saman prosessin hyvin paljon monimutkaisemmin.

Kyse on kuitenkin samasta asiasta. Ja samoilla aivoilla joutuu mies tämän kuvion suorittamaan kuin esi-isämmekin.

Ravinnon monipuolistuminen tietysti on lisännyt elinikäämme, mutta myös ongelmat ovat tulleet moninaisimmemmiksi. Tai haasteet– riippuen näkökulmasta ja asenteesta.

Kokeeko elämän ongelmana vai haasteena, määrittelee myös paljolti sen, miten sen kohtaamme.

Myös se, olemmeko miljonäärejä vai sillan alla eläviä asunnottomia ei sinänsä ole merkityksellistä.

Tietenkin miljonäärillä on mahdollisuuksia enemmän valintoihin, mutta hänkin voi tehdä huonoja valintoja.

Jos miljonääriksi tuleminen on elämän suurin haave, olemme usein pakotettuja onnettomaan elämään täynnä pettymyksiä.

Harvoille se onnistuu ja hekin ovat loppuviimein pakotettuja pitämään yllä standardeja, jotka vaativat tietyn arvojärjestyksen omaksumista.

Appiukollani oli tapana kuvata maailmaa niin, että jos olet köyhä, ihmiset katsovat lävitsesi. Olet nobody, luuseri ja joudut elämään hylkiönä.

Jos taas olet rikas, kaikki kadehtivat omaisuuttasi ja yrittävät kaikin tavoin huijata sitä sinulta.

Jos kuulut keskiluokkaan, joudut kustantamaan sekä köyhiä että rikkaita työskentelemällä niska limassa ja velkakierteessä kyetäksesi elättämään itsesi ja perheesi. Ja muun yhteiskunnan.

Kun Suomessa siirryttiin neoliberalistiseen talouspolitiikkaan, alkoi rahan ylivalta.

Tärkeintä oli liikevoitto. Sijoitusvoitoista tuli lähestulkoon ainoa elämänarvo.

Muista arvoista emme enää juuri kuulleet.

Tämä saattaa kuulostaa aikamoiselta kärjistykseltä, mutta Neuvostoliiton kaatumisen jälkeen vasemmistosta tuli kirosana kun se siihen asti oli merkinnyt jonkinlaista työväen aseman puolesta taistellutta liikettä.

Vasemmisto/oikeisto asetelma haluttiin häivyttää ja tilalle esitettiin epämääräinen vapaus, jonka piti merkitä ihmisen vapautumista ulkoisesta keskusvallasta.

Tietenkin kysymys oli vain rahan liikkeiden vapauttamisesta ja Suomen liittämisestä silloin suosiossa olevaan neoliberalismiin, jonka maailmalle olivat lanseeranneet mm. Englannin Thatcher ja USA:n Reagan.

Kuvaavaa oli kun Reaganilta kysyttiin, mikä on hänen hallituksensa ongelma, hän vastasi, että hallitus on ongelma. Pääomien pitäisi saada liikkua vapaasti ilman kontrollia ja rajoituksia. Yhteiskunnan tehtäväksi jää silloin vain vartiointi ja kapinoinnin tukahduttaminen.

Tarkoitus oli, että ihmiset alkaisivat uskoa kaikessa olevan kysymys pelkästään voittojen maksimoinnista. Heikkojen kuuluisikin kaatua ja vahvojen menestyä. Ilman rajoituksia.

Suomessa tuloksena oli ennätystyöttömyys sekä pienten ja keskisuurten yritysten konkurssit. Monen elämäntyö mitätöitiin ja niinpä itsemurhaluvut lähtivät rakettimaiseen nousuun.

Kilpailuyhteiskunnassa hävinneille jouduttiin kuitenkin järjestämään jonkinlainen minimitoimeentulo. Julminta järjestelmässä on se, että osattomille hoetaan, että he ovat itse syypäitä tilaansa ja että pitäisi olla kiitollinen pienestäkin kompensaatiosta.

Jokin aika sitten käytiin keskustelua perustoimeentulosta - kansalaispalkasta. Eli että olisiko se ratkaisu tulonsiirtojen järjestämiseen niin, että ihmiset eivät kokonaan putoaisi yhteiskunnan ulkopuolelle. Kansalaispalkka olisi kaikille kuuluva perustulo.

Koska suuri osa kansasta elää toimeentulominimillä ja kynnys työelämään ja sitä kautta aktiiviseen elämään voi olla korkea monimutkaisten tulonjakoperusteiden vuoksi.

Ei ole niinkään yksinkertaista pelkällä rahanjakojärjestelmällä muuttaa eriarvoisuuteen perustuvaa järjestelmää. Sitä paitsi perustulo merkitsisi sen hyväksymistä, että järjestelmä ei luo kaikille samoja mahdollisuuksia. Tämän tosiasian häivyttäminen on eräs valtamedian tehtävistä.

Oikeudenmukaisuudesta voidaan olla eri mieltä kun rahaa jaetaan taulukkojen mukaan.

Kun asioista päättävät ihmiset, jotka elävät itse suhteellisen mukavasti (elävätkö?) heidän todellisuutensa on erilainen kuin osattomuuteen jo toisessa sukupolvessa tottuneilla.

Eriarvoisuus on siis ongelma.

Jos aiheesta on kiinnostunut, kannattaa lukea esimerkiksi Thomas Pikettyn teoksia. Tosin ne ovat aika paksuja ja perinpohjaisia. Stephanie Keltonin "Alijäämämyytti" taas on suositeltava niille, jotka haluavat tietää enemmän modernista rahateoriasta.

Vaihtoehtoja on.

Olisi monella tavalla parempi vaihtoehto luoda järjestelmä, jossa mahdollisimman monenlaiset näkemykset tulevat huomioiduksi.

Demokratia perustuukin siihen, vaikka sen yksi tulkinta on, että täytyy valita kahdesta vaihtoehdosta, joista molemmat ovat huonoja.

Joskus 1970-luvulla puhuttiin jopa kaupunginosavaltuustoista, joissa yhdyskuntasuunnittelu voisi tavoittaa suuremman osan kansalaisista.

Nyt on yleistä, että ihmiset näkevät elämänsä niin, että vaikuttamismahdollisuudet rajoittuvat television viihdeohjelmien yleisöäänestyksiin.

Epämiellyttäviä totuuksia. Niinpä...

Kun Yhdysvalloissa Al Gore puhui epämiellyttävistä totuuksista jopa planeetallisella tasolla, olisi ollut mahdollista kääntää huomio keinoihin estää maapallon tilan huonontuminen.

Toisin kävi.

Epäselvien vaalien voittajaksi julistettiin nuorempi Bush, joka porukoineen aloitti välittömästi sotien sarjan ja maailman huomio siirtyi muualle.

"Jos et ole puolellamme olet meitä vastaan!", julisti tämä muuten vähillä positiivisilla ajatuksilla toimiva hemmo. Taistelu "pahaa" vastaan myytiin meille ainoana vaihtoehtona. Terroria vastaan terrorilla.

Saudiarabialaisten terroristien (?) suorittama syyskuun 2001 isku Yhdysvaltain vallan keskuksiin oli hyvä perusta ryhtyä tuhotekoihin ympäri maailmaa.

En ole tähän päivään mennessä kuullut yhtään kattavaa selitystä sille, miksi iskut tehtiin.

Ai niin, oli mukana yksi marokkolainenkin pahis.

Ehkä vielä kuulen jonakin päivänä näidenkin miekkosten motiiveista jotain.

Kuitenkin olennaista oli, että Bushin taustaryhmillä oli melko pian jo valmiina suunnitelma aloittaa Afganistanista sotien sarja. Aseteollisuus sai tilaisuutensa.

Trumpin hallitus on paljastanut tämän Neoconin ja Deep Staten hankkeen ja vähitellen siitä tulee esiin aika lailla ikäviä piirteitä.

Kaikki ei ole ollut sitä, miltä sen on haluttu näyttävän.

Tietenkin se on ollut mahdollista nähdä laajaltikin, mutta kun media on julistanut meille vain yhtä näkemystä, on ollut vaikeata saada esiin toisenlaista näkökulmaa.

Yhdysvallat on hävinnyt sotansa niin Vietnamissa kuin Afganistanissakin, mutta se ei ole koko totuus. USAID järjestö on provosoinut ympäri maailmaa kumouksia ja vallanvaihtoja, joiden tarkoituksena on ollut luoda sekasortoa maissa, jotka muuten ovat olleet toimivia yhteiskuntia.

Hajoita ja hallitse.

Monenlaisia esteitä on ollut ihmisten vapaudelle kaikkina aikoina.

Ja mitä on sitten oikeasti vapaus?

Se on jotain muutakin kuin mahdollisuus valita Coca Colan ja Pepsin välillä.

Se on myös jotain muuta kuin omien demonien siirtämistä muihin.

Vapaus on aina myös vastuuta ja rajojen ymmärtämistä.

Tämä koskee niin kansakuntia kuin yksilöitäkin.

Voidaanko koskaan päästä siihen, että kaikilla ihmisillä olisi mahdollisuus ihmisarvoiseen elämään?

Toisen maailmansodan jälkeen vuonna 1948 Yhdistyneissä Kansakunnissa hyväksyttiin Ihmisoikeuksien Julistus, joka määrittelee perustan paremmalle maailmalle.

Silloin uskottiin, että julistuksilla voidaan luoda perusta oikeudenmukaisuudelle.

Käytäntö on osoittanut, että aina löytyy niitä, jotka haluavat poikkeuksia siihen.

Kun päästämme nämä tyypit hallitsemaan meitä, olemme jo tiellä toiseen suuntaan.

Vastuu siis on myös meillä, mutta en käy nyt syyllistämään ketään tästä, koska joskus tarvitaan suuria muutoksia monella taholla.

Seitsemän kuolemansynnin mukaan eläminen kuitenkin johtaa aika lailla varmasti elämän katoamiseen tältä planeetalta.

Siis ihmiselämän.

Tämä on epämiellyttävä totuus.

Minun mielestäni ainoa vaihtoehto on entistä useampien ihmisten herääminen toimintaan ja uusien elämänarvojen löytämiseen.

Woke sanan alkuperäinen merkitys on ihmisten herääminen. Tämän päivän maailmassa se ilmenee hyvesignalointina ja muodikkaana poseeraamisena laatimassa manifesteja, joilla ei ole juuri konkreettista sisältöä.

Eriarvoisuus on hallinnut maailmaa kautta historian. Onko nyt vihdoin koittamassa aika, jolloin voidaan siirtyä moninapaiseen ja moniarvoiseen maailmaan, joka myös keskittyy planeetan säilyttämiseen asumiskelpoisena tuleville sukupolville sen sijaan, että vähemmistö pyrkisi vanhaan tapaan haalimaan edelleen itselleen sen rikkaudet muista välittämättä?

3. Valta ja vallattomuus

"Ei paha ole kenkään ihminen
vaan toinen on heikompi toista..."

Eino Leino,
Suomalainen runoilija

Mainoksessa sanotaan, että maailma näyttää erilaiselta lottovoittajan silmin. Näin onkin, sillä emme todellakaan elä yhdenvertaisina tässä maailmassa. Luxemburgilainen pääomasijoittaja näkee maailman eri lailla kuin Välimerellä uppoavassa ylikuormitetussa laivassa matkustava pakolainen. Molemmat etsivät kuitenkin parempaa elämää. Kumpaa meidän on helpompi ymmärtää, kertoo oikeastaan paljon meistä, sillä elämme kaikki omassa kuplassamme. Tämä kupla määrittelee elämänarvomme ja niin muodoin myös toimintamme tällä planeetalla.

Valta on jakaantunut aina hyvin keskitetysti. On niitä, jotka rypevät yltäkylläisyydessä ja niitä, joilla ei ole mitään. Karkeasti ottaen hyväosainen desiili hallitsee maailmaa ja sen suuntaa. Se, jolla on valta, kykenee määrittelemään ajan hengen ja jopa sen, mitä ajattelemme.
Ei kuulosta kovin hyvältä.

Aina aika ajoin on tapahtunut niin, että kansa nousee sortajiaan vastaan, mutta helposti siinäkin käy niin, että uudet hallitsijat vain päätyvät uusiksi sortajiksi. Surullista.

Valta turmelee. Ja ehdoton valta turmelee ehdottomasti. Se kuitenkin kiehtoo myös monia sellaisia, joilla yhteinen etu ei ole kovinkaan korkealla arvoasteikossa.

Näin olemme ajautuneet tähän tilanteeseen, jossa elämme keväällä 2025.

Maailma elää. Kaikenlaista tapahtuu planeetallamme. On tärkeätä, että voimme saada asioista monipuolista informaatiota, joka auttaa meitä hahmottamaan elämäämme täällä ja sitä, mitä voimme tehdä välttääksemme tuhon, joka on entistäkin mahdollisempi tänään.

Jokainen voi tietysti itse päättää, haluaako osallistua tähän tuhoon vai olla osa ratkaisua, mutta jonkinlainen muutos on välttämätön.

Eräs näkökohta on se laskelma, jonka mukaan olemme täällä Suomessa kuluttaneet vuotuisen osuutemme maailman energiavaroista jo huhtikuussa.

Maailman eriarvoisuutta kuvaa se, että suuri osa maailmasta ei tähän pysty.

Keskeiset ongelmat maailmassa liittyvät enemmän tai vähemmän kuitenkin siihen, että lähdemme helpommin taisteluun kuin vuoropuheluihin. Yhdessä kuitenkin voisimme tehdä paljon enemmän.

Yksinkertaista, eikö totta?

Jo puolen vuosisataa olemme eläneet neoliberalistisen talousajattelun mukaisesti. Siinä perusvoimana on ahneuden hyväksyminen perusvoimana. Jokainen haluaa maksimivoiton minimisijoituksella.
"Se nyt vaan on tyhmää maksaa liikaa..."

Karkeasti määriteltynä 8 miljardia kokoaa voittoja 8lle ahneimmalle.

Ajatellaan vaikkapa yhtiötä nimeltään Microsoft.

Aika kauas olemme tulleet Kehruujennyn ajoista.

Silloin uskottiin, että kun teollisuuden vallankumous tuottaa meille enemmän apuvälineitä, voimme ihmisinä kasvaa suurempaan henkiseen vapauteen ja entistä useammalle avautuu mahdollisuus ns. ylevämpiin harrastuksiin.

No, myöntää täytyy, että tietotekniikka on avannut aivan uudenlaisia mahdollisuuksia meille, mutta onko se todella vapauttanut ihmisen?

Kun valta on ihmisillä, jotka elävät omissa kuplissaan, he voivat käyttää sitä niin etteivät itse joudu kantamaan päätöstensä seurauksia. Vuoropuhelut kansalaisten kanssa käydään vaalitilaisuuksissa tosin, mutta klisee on, että poliitikot luottavat kansalaisten huonoon muistiin.

Joillakin se on hyvin lyhyt.

Ihmiset elävät omissa todellisuuksissaan ja niiden kohtaaminen on jo sinällään haaste. Puhumattakaan siitä, että eri kuplat ymmärtäisivät toisiaan.

Ja kuitenkin elämme tosimaailmassa, emme kuplassa.

Kansalaisyhteiskunnassa kaikilla olisi mahdollisuus vaikuttaa omiin asioihinsa. Luokkayhteiskunnassa eliitti päättää, mitä tehdään ja millä arvoilla. Sijoittajavallassa liikevoitto määrittelee kaiken. Arvovalinnat voisi silti periaatteessa jokainen tehdä itse.

Usein ne kuitenkin tehdään meidän puolestamme ja joudumme elämään maailmassa, jossa ne voidaan tehdä hyvinkin kaukana meistä. Meille ne sitten tarjoillaaan ainoana vaihtoehtona.Olisi mielenkiintoista tietää, mitä meitä tarkkailevat avaruusolennot ajattelisivat planeetastamme ja meistä.

Aurinkoa kiertävä pallomainen markkinapaikka, jota hallitsevat kasinonomistajat.

Miten tähän on jouduttu?

Siihen on monia syitä, mutta niiden ja varsinkin niihin syyllisten metsästys ei ole yhtä oleellista kuin vaihtoehtojen löytäminen ennen kuin huonot valinnat tuhoavat elämän täällä.

Toisaalta aina on mahdollista sekin, että voima joka meitä hallitsee haluaakin päästä meistä eroon. Tällaistahan monet scifileffat kuvaavat. Dystopiaa.

Näiden arvoa kuitenkin laskevat halvat juonet, joissa brucewillis-tyyppinen asesankari pelastaa aina lopulta planeetan – tuhoamalla ...
Aika lohdutonta.

Jotenkin lohduton olo tuli minulle siitäkin kun ministerimme esitteli toimittajalle helppoa tapaa rikastua keinottelemalla. Onko elämän tarkoitus rikastua vähemmän onnekkaiden kustannuksella? Ja kaikki muu vain sen oheistuotetta?

Tällainen olo tulee kun vähänkin syvemmin tarkastelee nykyideologiaamme.

Suomessa valitettavasti mennään yhä yhden totuuden etsimislinjalla ja kun sellainen keksitään, lukitaan toiminnat siihen. En haluaisi uskoa tähän, mutta liian monet esimerkit todistavat näin tapahtuvan.

Kuulun itse siihen sukupolveen, joka koki 1960-70 luvuilla vasemmistolaisuuden ja myös etäisesti hippiliikkeen. Peace&Love&Understanding. Toisaalta Suomi eli silloin vielä hyvin paljon sodan jälkeisessä ankeassa elämänpiirissä, joten kasvatuksessa korostuivat kuri, syyllistäminen ja esivallan pelko.

Jotkut emansipoituivat ja halusivat löytää oman tiensä, mutta yleensä perustasolla elettiin Herran nuhteessa.

Tarinoita vasemmistolaisuudesta, taistolaisuudesta ja tasa-arvoon pyrkimisestä kerrotaan nykyisin varoittavana esimerkkinä siitä, miten paheksuttavaa on poiketa yleisestä järjestyksestä. Tämäkin on vain yksi narratiivi.

Markkinaliberalismin vihollinen oli ihmisten joukkovoima. Niinpä se pyrkikin poistamaan niin ammattiyhdistykset kuin työväenpuolueetkin sijoitusvoittojen muodostuksen tieltä. Kansalaisille taas levitettiin verojen alenemisen ilosanomaa ja kaikkien oikeutta pyrkiä miljonääriluokkaan.

Vapauden vastustajiksi koetaan nykyään niin luontoa puolustavat kuin tasa-arvonkin kannattajat niputtamalla heidät "vihervassareiksi", koska he muodostavat uhan sijoittajien voittojen muodostumiselle. Vihreyttä tai vasemmistolaista ajattelua saa etsiä luupin kanssa nykyisestä valtaideologiasta.

Markkinatalous on vanha kaupankäyntitapa, joka perustuu alkuperäisessä muodossaan win-win periaatteelle.

Se toimii luontevana ihmisten kanssakäyntimuotona myös. Adam Smithin ajatusten mukaan markkinoita ohjaa näkymätön käsi, joka pitää toiminnan tasapainossa. Parhaimmillaan kaikki voittavat. Ainakin pitkässä juoksussa tasapaino toteutuu.

Neuvostoliitto oli alun perin yritys siirtää valta aristokratialta kansalle. Paremmalla järjestelmällä se olisi voinut onnistuakin, mutta kansanvalta on asia, joka ei ole kaikkien mieleen. Jotkut haluavat aina enemmän kuin muut. Vastustajat löytyvät joko sisältä ("Sinäkin Brutukseni!") tai ulkoa (kansan keskelle lähetetyt provokaattorit).

Neuvostoliitto mureni monista sisäisistä ja ulkoisista syistä. Nykyisin on ainakin läntisessä maailmassa (lue: mediassa) periaatteessa tuomittavaa puhua mitään hyvää tästä kokeilusta, vaikka tavallisen kansalaisen kannalta elämä Neuvostoliitossa ja muissakin sosialistimaissa olikin suhteellisen turvattua perustarpeiden kannalta. Toisaalta nomenklatuuralle oli varattu erioikeus yksilöllisiin etuihin tässäkin yhteiskunnassa, joten ihan tasa-arvoinen ei sekään yhteiskunta ollut.

Suomen kielessä on sana vallan kumous, mutta valtaa ei voi kumota.

Vain joko käyttää itse, delegoida tai jakaa. Demokratia – tuo vapaiden ateenalaisten miesten etuoikeus – on yritys saada valta jaetuksi niin, että se hyödyttää mahdollisimman monia. Se olisikin aika hyvä juttu jopa koko planeetalle, jos perusarvona olisi vallan jako – edes Montesquieun oppien mukaan.

Yhdysvalloissa ollaan Donald Trumpin aloittaessa toista presidenttikauttaan ainakin yrittämässä purkaa Neoconin Deep Staten valtaa. Suhtaudun kuitenkin varovaisesti siihen, että maailma muuttuisi enemmän oikeudenmukaiseksi – ainakaan meidän kannaltamme. MAGA koskee USA:ta ja muu maailma on sille alisteinen.

Jotain hyvää voi silti tästä arvotuuletuksesta koitua jossain vaiheessa meillekin.

Toivottavasti.

Pienikin muutos tähän nykyiseen negatiivisuuteen olisi tervetullut.

Suomalainen heikko itsetunto on ajanut meitä vuoroin saksalaisten ja amerikkalaisten alaisuteen. Peräisin se on kuitenkin Ruotsin vallan ajalta.

Oikeastaan ei pitäisi puhua Ruotsi-Suomesta, koska tosimaailmassa olimme vain Ruotsin itäosa, jonka se menetti Venäjälle 1800-luvun alussa. Meillä oli aika vähän oikeuksia, mutta velvollisuuksia emämaata kohtaan sitäkin enemmän.

Ruotsin sotaisten kuninkaitten itäinen sotilasreservi...

Vuoden 1809 sodan jälkeen Ruotsi pääsi elämään rauhan aikaa pitkään oltuaan sitä ennen aika lailla sotaisa kansakunta.

Tästä voi tietysti tehdä pitkällekin meneviä johtopäätöksiä, mutta jätän ne muille.

Kansallinen itsetunto kuitenkin meille alkoi muodostua ruotsinkielisen sivistyneistön kautta. Runeberg, Topelius, Snellman ja muut olivat etulinjassa luomassa tietä suomenkielelle, vaikka eivät sitä äidinkielenään puhuneetkaan.

Edelleen mainitsen tämän vain historiallisena tietona, enkä halua olla millään lailla lietsomassa kieliriitoja, jotka vain vahingoittavat ihmisiä.

Jossain vaiheessa sitten Suomi kuitenkin oli valmis itsenäistymään ja Venäjälläkin se noteerattiin.

Oli täpärällä, että meille ei tullut saksalaista hallitsijaa, mutta juuri vähän ennen Hessenin prinssin kruunaamista Saksa hävisikin ensimmäisen maailmansodan ja hankkeesta luovuttiin.

Suomesta tuli tasavalta, joka oli aika radikaali juttu siihen aikaan kun muut pohjoismaat olivat edelleen monarkioita.

Ovat muuten edelleen.

Aina välillä kansallistunto on noussut meilläkin. Valitettavasti myös negatiivisessa mielessä. Sotien välillä pääsivät fasistissävytteiset liikkeet meilläkin vaikutusvaltaisiksi. Ja kansahan siitä kärsi pääsääntöisesti.

Vahvaa johtajaa on meillä haluttu ja se on ehkä selkein huonon itsetunnon merkki.

Korostan jälleen tässäkin, että en syytä kansalaisia vaan harjoitettua politiikkaa. Suomalainen itsetunto on päässyt kohoamaan lähinnä urheilussa ja Nokian kaltaisissa yrityskuvioissa.

Nokian nousu oli ainutlaatuista Suomessa ja perustui paljolti yhtiön johdon rohkeuteen antaa mahdollisuuksia henkilöstölle osallistua innovaatioiden kehittämiseen. Se kantoikin pitkälle vuosituhannen vaihteessa.

Sodanjälkeisessä Suomessa taas tarvittiin kaikkia kansalaisia korjaamaan tuhojen jälkiä ja kansanvalta pääsi kehittymään. Varsinkin Kekkosen aika oli taloudellisen kasvun ja hyvinvoinnin kasvun aikaa.

Puheet siitä, että Neuvostoliitto päätti Suomen asioista silloin on hyvä asettaa oikeaan kontekstiin ja verrata, missä tilanteessa elämme nyt. Keväällä 2025.

On aina hyvä muistaa sellainen abstraktinen käsite kuin ajan henki – Zeitgeist – kun puhutaan kansakunnan tilasta. Pian Kekkosen jälkeen nimittäin koitti neoliberalismin aika ja se taas merkitsi ihan uusia arvoja. Kansanvalta ei enää merkinnytkään keskusvaltaa ja kansallisomaisuudestakin tuli sijoituskohde. Rahan liikkeet vapautuivat, ihmiset eivät.

Heiluriliike keskusvallan ja yksityisvallan välillä on maailmassa jatkuva ja trendit seuraavat toisiaan.

Tälläkin hetkellä elämme jonkinlaista siirtymävaihetta. Vaikeata – ellei mahdotonta – ennustaa, millaiselta maailma näyttää vaikkapa viiden vuoden kuluttua.

Ääriliikkeet kuitenkin elävät vain oman rajallisen aikansa ja jollain tasolla palataan tosiasioiden tunnustamisen kautta siihen, että hienotkin ideat ovat vain ideoita, jos ne eivät perustu maapallon kestokykyyn.

"Kaikkihan me haluamme miljonääriksi", sanoi Matti Apunen...vaan aika harvalta se onnistuu. Tosin niitäkin on. Jopa miljardöörejä. Ja vapaassa maassa voi tietysti aina yrittää.

Useimmat kuitenkin vain haaveilevat.

On hyvä olla tavoitteita elämässä, sillä ilman niitä olemme kuin lastu laineilla. Hyvä kuitenkin olisi, jos ne olisivat jollain lailla realistisia.

Terveellä itsetunnolla ja oikealla energialla voi saavuttaa suuriakin asioita. Ihan olosuhteistakin riippumatta joskus. Tässä onkin asian ydin. Motivaatio. Sen pitää olla vahva.

Itsetunto kuvitellaan joskus sellaiseksi, että se perustuu muiden voittamiseen ja nujertamiseen. Terve itsetunto on kuitenkin oman itsensä kanssa sovussa elämistä ja omaan kehittymiseensä keskittymistä. Vertailu entiseen tilaansa toimii paremmin kuin muihin, vaikka tietysti voitotkin kannustavat.

Tämän päivän voittajat ovat kuitenkin huomisen voitettuja. Tämä on maailman laki.

Urheilussa tämä näkyy parhaiten.

Omassa Facebook-ryhmässäni on vuoden 1968 painonnoston olympiavoittaja Kaarlo Kangasniemi, joka vielä 84-vuotiaana on vetreässä kunnossa. Kaarlo on myös runoilija, joten jaamme yhteisen harrastuksen.

Painoja en nosta...

Kaarlo kuitenkin on hyvä esimerkki siitä, miten terveillä elämäntavoilla on merkitystä. Elämänasenteesta nyt puhumattakaan.

Alistavassa yhteiskunnassa kuitenkin vain huiput huomioidaan ja suurin osa kansasta elää – hallintoalamaisena.

Jokainen tietysti on vastuussa omasta kunnostaan, mutta Kaarlon kanssa kuulumme sukupolveen, joka lapsuudesta asti on oppinut fyysisen kunnon ja psyykkisen kunnon yhteyden ja merkityksen.

Jos ihminen jää ilman kannustusta ja elämänmallina on passiivinen kuluttaminen, voi olla hankalaa jaksaa elämässä.

Tosin sisu voi auttaa silloinkin. Kaikilla sitä ei vain riitä ja on aika julmaa syyttää ihmisiä, jotka ovat pudonneet elämän pyörästä. Hyvän yhteiskunnan pitäisi kuitenkin tarjota heillekin tukea.

Taitaa vain olla niin, että hallituksen leikkauslistat eivät sitä tee.

Vallan karkaaminen tavallisten ihmisten ulottumattomiin on vielä oma juttunsa.

Aika vähän kaipaan vanhoja aikoja, mutta kyllä täytyy sanoa, että 1970-luvulla meillä oli sentään terveydenhoitojärjestelmä, joka toimi ja kun vielä muistan kaupunginosavaltuustohankkeen, vertailu nykypäivään tuntuu aika ikävältä.

1990-luvulla radiossa Työläisen Arkea korvattiin Talousuutisilla. Tämä kuvaa ajan hengen muutosta aika havainnollisesti.

Onko ihmisen elämän autuutta sitten ostoksilla käynti ja halpojen hintojen etsintä?

Mitä oikeasti tarvitsemme ihmisarvoiseen elämään?

Jokaisella tietenkin omat tarpeensa, mutta jos materia on ainoa arvo, olemme hukanneet sen ihanteen, josta valistuksen ajan tienraivaajat haaveilivat.

Ihmisen mahdollisuuden kasvaa täyteen mittaansa.

No, tämä on tietysti -täytyy taas korostaa – vain minun näkemykseni.

Elämän perustarpeetkin voivat olla monelle pelkkä haave ja suuret tulotkaan eivät takaa elämisen tasoa, jos velat ylittävät oman kapasiteetin ja maksukyvyn.

Elämme hyvin erilaisissa todellisuuksissa.

Tämä helposti unohtuu, jos standardit määritellään numeroilla hyvin toimeentulevan väestön mukaan.

Ihmiset eivät ole pelkkiä numeroita ja taulukoiden mukaiset rahasummat eivät kerro ihmisten todellisesta elämäntilanteesta kuin viitteellisesti.

Jos ihmiskunnan historia on orjuuden ja eriarvoisuuden historiaa, se ei estä tulevaisuutta olemasta jotain muuta.

Meillä on käytössä kaikki se tieto, minkä menneet sukupolvet ovat koonneet ja ainoa este sen soveltamiselle ovat jäykät hallintarakenteet ja ihmisten alistuneisuus.

Muutos nähdään mahdolliseksi vain suurten keikausten kautta vaikka itse asiassa meidän kaikkien sisällä on mikrokosmos, jonka kautta elämme. Pienikin muutos ajattelussa voi avata uusia näkymiä. Suurempi ryhmä ihmisiä voi saada aikaan merkittäviäkin muutoksia

Ehkä ongelma piileekin siinä ajattelutavassa, että pelkäämme muutoksia. Merkitseehän se poistumista mukavuusalueelta.

Joka saattaa olla kuitenkin kaikkea muuta kuin mukavuusalue.

Tuttu ja turvallinen. Tietenkin on aina otettava huomioon kulloinenkin valmiustila, mutta heittäytyminen tuntemattomaan voisi olla myös joskus hyvinkin mukavaa.

Se, että se usein jää kesken on myös ymmärrettävää, sillä oman polun raivaamisessa ei välttämättä ole valmista karttaa.

"Eteenpäin, sanoi mummo umpilumessa..." tai pappa liukkaalla jäällä...

Varmaa kuitenkin on, että suurempi riski on luottaa muiden tarjoamiin valmiisiin polkuihin. Emmehän me voi olla varmoja siitä, ovatko ne kaikessa myös meidän polkujamme.

No, ei ole tarkoitus pelotella, mutta aina on olemassa vaihtoehtoisia ratkaisuja.

Voit tietysti kulkea vanhoja polkujakin, jos ne tuntuvat juuri sinulle sopivilta.

Minulla ei ole "one size fits all "- ratkaisuja.

Eikä uskoakseni kellään muullakaan.

Kuitenkin olen tullut siihen johtopäätökseen, että valitsen itse omat "taisteluni" ja liput, joiden alla marssin.

Isoäitini seinällä oli gobeliini, jossa luki : " ELÄMÄ ON TAISTELUA".

Hänen aikanaan elämä olikin yksinkertaista ja rankkaa selviytymistä ihan arkipäiväisistäkin asioista.

Se on sitä tietenkin nykyisinkin monelle.

Näin ollen ei ole ihan samantekevää, millaisella energialla elää.

"Ei ainakaan missään jengissä voi elämästä selvitä hengissä", lauloi Juice.

Ehkä hirveimmät teot tehdään juuri jengeissä, joissa oma vastuu siirretään jengin johtajalle.

Hyvä muistaa kuitenkin, että vastuu tästä planeetasta kuuluu meille kaikille. Halusimmepa sitä tai ei.

Myöskään ei ole olemassa ilmaisia lounaita tai ilmaisia ämpäreitä vaan joku ne aina maksaa. Aika usein me itse huomaamattamme.

Siirtyminen yhdestä addiktiosta toiseen ei myöskään tee meistä vapaita.

No niin. Tähän loppuu moraalisaarna.

"Nouse, ota vuoteesi ja käy…"

Monenlaisia ismejä on kokeiltu, mutta jollain lailla metsään menty.

Rahan liikkeet on vapautettu, mutta ihminen on jäänyt luomansa järjestelmän vangiksi vapautta etsiessään.

4. Usko ja toivo

"Olen kanssasi kaikesta eri mieltä, mutta taistelen loppuun asti oikeudestasi olla eri mieltä"

Voltaire

Ranskalainen valistusajan kirjailija

Tarkkaan ottaen tuo sitaatti on englantilaisen Evelyn Beatrice Hallin Voltairen elämäkerrasta. Hän eli 1868-1956 ja kirjoitti salanimellä Stephen G. Tallentyre.

Ajatus on silti kuvaavaa Voltairen – ja koko valistusajan – arvomaailmalle.

Voltaire eli vuosina 1694-1778. Silloin varsinkin älymystön piirissä vallitsi ajatus sivistyksen levittämisen merkityksestä. Myös kansan keskuuteen.
Lukutaidon yleistyminen loi vähitellen ajatuksen siitä, että maailmaa voisi parantaa tiedon ja ymmärryksen kautta.

Somealustojen yleistyminen on tuonut ulottuvillemme mahdollisuuden keskustella asioista monipuolisesti. Samalla kuitenkin on tullut mahdolliseksi levittää monenlaista lähinnä ihmisten mieliä sekoittavaa sisältöä.

Oma lukunsa ovat trendsetterit ja influensserit, jotka haluavat sinun olevan juuri heidän puolellaan ja dissaavan kaikkea, mikä ei ole heidän mielestään suotavaa.

Propagandakin on tullut entistä hienovaraisemmaksi niin, että ennen kuin huomaatkin olet pitelemässä käsikranaattia ja heittämässä sitä sinulle annettuun kohteeseen. Silloin voi olla myöhäistä perääntyä.

Helpointa on ihmisten käännyttäminen, jos heille tarjotaan jokin vihollinen, johon eivät päde normaalit ihmisoikeudet ja moraalisäännöt.

Silloin viimeistään pitäisi herätä ja kysyä, miksi?

Voltaire jo oivalsi, että olennaisen tärkeää on ymmärtää asioita. Vasta sen jälkeen voi hyväksyä tai olla hyväksymättä.

Voltaire muuten jo totesi, että jos ihmiset tajuaisivat, mitä maailmassa tapahtuu, he aloittaisivat vallankumouksen jo huomenna.

Hän itse ei ehtinyt kokea Ranskan Suurta Vallankumousta 1789.

Ihmisenä olemisessa on kaksi haastetta.

Toinen on erilaisuuden ymmärtäminen. Vaikka emme hyväksyisikään toisen näkemystä, on hyvä ymmärtää miksi hän ajattelee juuri näin.

Toinen haaste on kohtaaminen. Vasta itsetuntemuksen kautta voimme kohdata toisen ihmisen tasaveroisena. Ymmärryksen kautta voimme elää normaalia elämäämme.

Yleensä kuitenkin pyrimme seuraan, jolla on suunnilleen samat elämänarvot ja tavoitteet.

Koska meitä on jo yli 8 miljardia, on väistämätöntä, että emme kykene kaikkia ihmisiä ymmärtämään. Toisaalta emme kaikkia ihmisiä elämämme aikana kohtaakaan.

Aivotutkija Lauri Nummenmaan mukaan kohtaamme eri tavoin keskimäärin 80 000 ihmistä elämämme aikana. Kyseessä on arvio, mutta verrattuna 8 miljardiin, kyseessä on rajoitettu joukko.

Käytännössä olemme siis tekemisissä hyvin pienen ydinryhmän kanssa päivittäin ja viikottain.

Mielipiteemme muodostamme helposti valtamedian arvomaailman mukaan. Valtamedia taas toimii omistajiensa äänitorvena. Kun se on vielä keskitetysti omistettu, eivät erilaiset näkemykset juuri näy siellä.

Haasteena elämässämme ovat kohtaamiset ja erilaisuuden ymmärtäminen. Ihan kohtuullisesti niissä on haastetta jo parisuhteessakin.

Joskus joutuu itsensäkin kanssa moraaliristiriitaan, joten eipä elämä ihan tylsääkään ole, jos sen kohtaa rehellisesti ja avoimesti.

Jotenkin siis täytyy pitää itsensä koossa.

Ilman uskoa ja jonkinlaista perustajua elämän realiteeteista elämä olisikin kaaosta.

Kaikki me uskomme johonkin. Kun käytän tässä kirjassa ilmaisua Logos kaiken ylläpitävänä voimana itse kukin voi korvata tämän omalla jumalaa merkitsevällä sanalla.

Tarkoitus ei ole loukata kenenkään uskoa. Tai edes ateistista elämänkatsomusta.

Uskonnon avulla voimme vapauttaa meissä asuvan hyvyyden – ja rakkauden.

No, tietysti tätäkin voi tulkita monella tavalla. Usko menettää merkityksensä, jos sen mukaan täytyy murskata toinen lähimmäinen.

Muistan Raamatusta kehotuksen lähimmäisen rakastamisesta . Ja myös itsensä rakastamisesta ilman ylilyöntejä.

Ekumenia voisi olla hyvä tapa kohdata lähimmäisemme ja antaa hänelle samat oikeudet kuin itsellemme.

Muut filosofiat antavat elämällemme toisenlaisen sisällön ja jos haluamme perustaa elämämme toisten elämän tuhoamiselle, on hyvä muistaa, että tällä toisella voi olla myös oikeus kohdella meitä yhtä huonosti.Onko se hyvä perusta elämälle?

Luottamus kuulostaa ainakin minusta paremmalle. Se syntyy hyvästä tahdosta.

Hyvä tahto taas on hyvä toivon perusta. Parasta aloittaa itsestä, jos haluaa maailmasta paremman. Muut kyllä tulevat perässä, jos voivat luottaa meihin.

Epäluotettavia ihmisiä ei kannata liikaa huomioida.

En ole huomannut, että katkeruus olisi jalostanut ketään oikeasti. Pahan kierrettä se on sen sijaan lisännyt.

"Se päättyy minuun" niminen elokuva kuvaa yhtä väkivallan kierteen katkaisua. Elokuva on viime vuodelta ja kärsii kyllä Hollywood sokerikuorrutuksesta, mutta sen perussanoma on hyvä.

Juuri minä voin päättää, että sukupolvien väkivallan kierre voi pysähtyä minuun.

Se voi vapauttaa paljon hyvää energiaa. Sitähän me kaikki haluamme?

Vai pitäisikö kaikkien haluta tulla miljonääreiksi ilman vastuuta mistään?

Toivo voi kantaa vaikeissakin olosuhteissa. Huomenna on aina uusi aamu.

Oikeastaan toivo onkin merkityksellinen, sillä ilman sitä vajoamme apatiaan ja silloin olemme helposti alistettavissa.

5. Tuhoava ajattelu

"Ihminen on siitä metka olento,

että hän on valmis maksamaan satasen,

ettei naapuri saisi viittäkymppiä"

Pertti Pasanen

Spede

Luonnon järjestelmä on monimuotoinen ja sen osat täydentävät toisiaan. Vuodenajat seuraavat toisiaan, kasvukaudet noudattavat jatkuvuuden ja kehityksen lakeja.

Vesi on elementti, joka hallitsee planeettaamme. Meidän kehommekin on suurimmaksi osaksi vettä.

Se, kuten ilmakin on yhteistä omaisuuttamme.

On aika irvokasta, että vedestäkin on tehty sijoituskohde. Mitä jää jäljelle, jos kaikki yhtiöitetään ja muutetaan sijoituskohteiksi?

Kaikilla elävillä organismeilla on yhteys luontoon niin, että ne saavat siitä ravintonsa. Elävät aikansa ja kuihtuvat aikanaan tehden tilaa uudelle kasvulle. Omalla kohdallanikin olen hyväksynyt elämän rajallisuuden enkä sitä murehdi turhaan.

Jos kaikki elävät olennot voivat toimia olemuksensa mukaisesti, maailmassa vallitsee harmonia. Näin varmasti on aikojen alussa ollutkin.

Raamatun luomiskertomus kertoo maailman synnystä ja ihmisen tulosta maan päälle elämään muun luonnon kanssa.

Minulla ei ole tietoa kaikkien maailman uskontojen kertomuksista, joten totean tässä vain minulle kerrotun narratiivin.

Tarinan mukaan ihminen luotiin Jumalan kuvaksi. Nauttimaan planeettamme paratiisillisesta tilasta, jossa riitti ravintoa. Koska ihminen syntyi alastomana, hän oli kuitenkin haavoittuvampi kuin muut luontokappaleet. Niinpä aivokapasiteettimme tarkoitus oli auttaa meitä selviämään viidakossa ja muiden lajien kanssa.

Varmasti aluksi kaikki sujuikin kohtuullisen hyvin kunnes kaikki alkoi sujua liian hyvin.

Silloin ei riittänytkään enää tarpeeksi vaan yksilöt halusivat lisää.
Tuloksena tietenkin konflikteja.

Niitä on riittänyt meidän aikoihimme asti.

Raamattu kuvaa tätä voimaa nimellä kiusaaja tai Saatana. Meille opetettiin koulussa symbolisesti, että jo ensimmäiset ihmiset – Aatami ja Eeva – kyllästyivät elämään Paratiisissa ja halusivat sen sijaan oman tahtonsa hallitsevan.

Niinpä Jumala kiivaudessaan tarinan mukaan karkoitti lajimme Paratiisista.

Tarinan voi kokea monella tavalla, mutta se selittää ihmisten ikiaikaisen halun hallita ympärillä olevaa maailmaa.

Jos Logoksella on kaikki voima ja taito hallussaan ja ihmisellä pelkkä halu nousta itseään suuremmaksi, on tuskin ihme, että tässä käy ennen pitkää huonosti.

Itseään suuremmaksi ei voi kasvaa, mutta vähempään ei kannata tyytyä.

Tuhoavaa ajattelua on myös itsensä vähättely, mutta tietysti myös itsensä yliarviointi.

Jostain syystä ihmisille on kuitenkin tullut helpommaksi tuhota kuin rakentaa.
Tälläkin hetkellä kritiikittömästi käytetään rahaa joukkotuhoaseisiin, mutta hädässä olevia ihmisiä ei haluta auttaa. Tarpeetonta sanoa, että juuri sotien vuoksi ihmisiä on hädässä. Myös eriarvoisuutta suosivan talouspolitiikan vuoksi suuri osa ihmisistä on joutunut tulonsiirtojen varaan.

Ihmiseksi kasvamisessa on kysymys kehittymisestä parhaimmaksi versioksi itsestään. Öykkäröinti, etuilu ja piittaamattomuus muista sekä luonnon suruton tuhoaminen ovat taas ominaisuuksia sieltä toisesta päästä.

"Kaikkihan meistä haluavat miljonääriksi", totesi Matti Apunen aivan kuin itsestäänselvyytenä.

Hän ei varmasti itsekään huomannut, miten tuli paljastaneeksi yhden suurimmista esteistä luonnon pelastamiselle. Jos jokainen etsii vain omaa maksimaalista hyötyään, maapallo ei sitä pitkään kestä.

Tästä kuitenkin juuri on kyse neoliberalismissa, joka ei siis nimestään huolimatta ole ihmisen vapauteen suuntautuva oppi. Kyse on sijoitusvoittojen mahdollisimman vapaasta muodostuksesta. Lopulta desiili tai ehkä vain prosentti hyötyy pääomien vapauttamisesta.

Tämä oppi saapui Suomeenkin ja sen seurauksia nyt koemme kun julkisen sektorin palvelut ovat pahimmassa kriisissä itsenäisyytemme aikana. On tietysti makuasia, kutsuako tätä enää itsenäisyydeksi...ainoa arvo tuntuu olevan liikevoitto ja rahalla ei ole kotimaata.

Mikä voisi siis olla vaihtoehtoinen suunta? Vaihtoehtoinen arvo?

Elämä itse?

Jokainen yhteisö pitää yllä omia arvojaan. Ne voivat poiketa suurestikin toisistaan. Tämä heijastuu erityisesti kasvatukseen.

Minun nuoruudessani uskottiin Herran nuhteeseen. Kuri ja järjestys olivat arvossa – olihan vasta hiljan päästy sota-ajasta ja maan uudelleenrakentaminen vaati korkeaa moraalia.

Kuitenkin kasvatuksen tukipilareiksi muodostuivat myös häpeä ja syyllisyys. Ne ovat vieläkin suomalaisen ajattelun ydintä, vaikka aika lailla monella taholla onkin ymmärretty, että ne voivat olla hyvin haitallisia ihmisten kasvulle. Väkivalta onneksi on sentään jo laissa tuomittu myös perheen sisällä niin ettei fyysisen väkivallan käyttö ole enää perheessä asianomistajarikos.

Paljon on silti vielä työtä ja valistustakin tarvitaan, jotta ihmisarvo voisi toteutua. Pelkkä lainsäädäntö ei poista väkivallan käyttöä asioiden ratkaisuyrityksenä.

Näissä asioissa olen aika yksinkertaisesti sitä mieltä, että väkivalta on ongelma, ei ratkaisu. Piste.

Mikä sitten synnyttää väkivaltaa?

Tietenkin vääryydet ja epäoikeudenmukaisuudet. Kyvyttömyys vuorovaikutuksellisuuteen. Opitut mallit. Joskus väkivaltaiseen käytökseen riittää pelkästään toisen ihmisen ulkonäkö.

Syitä voidaan löytää monia. Ja onhan myös totta, että jotkut jopa nauttivat väkivallasta.

Antaahan se hetkellisen tunteen omasta voimasta ja mahdollisuudesta hallita muita.

Ymmärtää näitä syitä kyllä voi, mutta niiden hyväksymiseen ei pitäisi alistua.

Ihminen lienee ainoa olento, joka tuhoaa pelkästään huvikseen . Eläimillä on aina jokin syy toimintaansa. Yleensä ravinnon hankinta tai reviirin puolustaminen.

Ihmisetkin luonnostaan puolustavat reviiriään, mutta eivät aina huomaa, milloin puolustus muuttuu hyökkäykseksi.

Tuhoaminen taas voi muuttua massiiviseksi yritykseksi nujertaa vastustaja totaalisesti.

Silloin on toiminta muuttunut pahan vastustamisesta sen pauloihin joutumiseksi.

On ikävää mainita tässä yhteydessä se, että sodissa hirveimmät teot tekevät ns. tavalliset ihmiset.

Tosin johtajien määräyksiä totellessaan ja omasta mielestään jopa kunniallisesti.

Olemme luoneet järjestelmän, joka perustuu luonnon hyväksikäyttöön maksimaalisesti. Elämäntapamme kuluttaa maapallon energiavaroja yli sen kapasiteetin siksi, että talouden pitää kasvaa.

Pitää?

Onko hyvinvoinnin hinta luonnon pahoinvoinnin lisääntyminen?

No, tarkoitukseni ei ole maalata synkkiä ja toivottomia näkymiä, mutta tosiasioiden kiistäminen on yhtä viisasta kuin jäniksellä pään pistäminen pensaaseen.

Jotain pitäisi tehdä ja pelkät hyvät aikomukset eivät riitä.

Tie kadotukseen on kivetty hyvillä aikomuksilla.

Sen sijaan, että rypisimme tervassa ja höyhenissä tai syyttäisimme muita tästä, voimme aloittaa muutoksen itsestämme.

Mikä oikeastaan on meille tärkeätä? Elämmekö oikeasti sitä elämää, joka on meille hyväksi? Maapallolle hyväksi?

Hamuammeko asioita, joita oikeasti uskomme haluavamme vai menemmekö vain yleisen trendin mukana?

Sen sijaan, että vertailemalla itseämme muihin, voisimme pyrkiä kasvamaan paremmaksi versioksi itsestämme. Aluksi vaikka pieninkin askelin.

Jokainen tupakkalakkoa yrittänyt tietää, että homma ei ole helppo. On niin paljon asioita, joita teemme tottumuksesta sen enempää ajattelematta. Tapoja on vaikeata muuttaa.

On hyvä myös muistaa, miten kävi tuhatjalkaiselle, joten hyvä on toimia oikeassa järjestyksessä.

Optimaalinen on parempi kuin maksimaalinen.

Maailma olisikin aika yksinkertainen, jos tosimaailmassa olisi kysymys Hyvän ja Pahan taistelusta. Elokuvissa aina hyvän ja pahan tunnistaa helposti. Villin lännen leffoissa pahiksilla oli mustat hatut ja sankareilla valkoiset. Yleensä vielä intiaanit olivat pahiksia ja uudisasukkaat hyviksiä...näinpä luotiin tietty arvomaailma, jossa oli oikeutettua sotia "niitä muita" vastaan.

Oma puoli oli oli tietysti se "hyvä".

Hyvä muistaa, että intiaanit olivat alkuperäisiä. Muualta tulleet valloittajat mamuja.

Maailmassa oli jo silloin aika lailla monenlaista väkeä.

Yhdysvaltain perustuslaki antaa kaikille oikeuden onnen tavoitteluun. Olisi hienoa, jos se koskisi kaikkia maailman kansalaisia.

Kuitenkin käytännössä eräs suurimmista esteistä maailman pelastamiselle on eriarvoisuus.

Vaikka kaikille maailman kansalaisille annettaisiin oikeus onnen tavoitteluun, olisi silti aika utopistista ajatella, että se voisi tapahtua vain yksillä arvoilla. Jokainen ihminen kasvaa omassa ympäristössään – ja arvomaailmassa, jonka määrittelee tämä ympäristö.

Hyvesignalointi on myös aika ongelmallinen silloin kun se perustuu omien arvojen oikeuttamaan erimielisten nujertamiseen. Yksilöinä ja yhteisöinä.

Kätevää tietysti ajatella, että kun erimieliset vaiennetaan, maailmasta tulee minulle mieleinen. Näin vain ei yleensä käy.

Woke-ajattelu on ristiriitaista, koska se perustuu paljolti pelkkiin mielikuviin.

Ensimmäisen maailmansodan jälkeen luettiin Saksalle kovat rauhanehdot ja uskottiin, että näin päästään parempaan maailmaan kun se ei enää uhkaa Eurooppaa. Toisin kävi. Maaperä oli jo 1930-luvulla otollinen yltiökansallisaatteen nousulle tunnetuin seurauksin. Tarkoitus oli nöyryyttää Saksaa, mutta vaikutus oli päinvastainen.

Elokuvanarratiiveissa syytetään aina Paholaista tai väärää valtiota ja sen hallitsijaa, mutta todelliset demonit vaikuttavat meissä itsessämme

Eros ja Thanatos taistelevat vaikutusvallasta meissä kaikissa. Tai siis eivät nämä muinaiset kreikkalaiset jumalat vaan ristikkäiset voimat ja energiat.

Provosoituna olemme valmiit taistelemaan veljiämme vastaan. Kuten Kain ja Abel Raamatussa.

Tai Jugoslaviassa, jossa yhtenäinen työläisten itsehallinnolla ylpeilevä liittovaltio tuhottiin muutamassa vuodessa ja jäljelle jäi sukupolvien traumat.

Tuntuu joskus todella masentavalta ajatella, miten helppoa on saada ihmiset toisiaan vastaan, vaikka jo muinoin tunnistettiin "hajoita ja hallitse"-menetelmä.

Tarina Raamatun ajoilta kertoo myös, miten kansanjoukko halusi armahtaa Barabbas-nimisen rikollisen ja ristiinnaulita Jeesuksen, joka edusti ihmisten vapahtajaa.

Minulle on edelleen mysterio, miksi ihmiset on helpompaa saada pahan valtaan kuin elämään paremmalla energialla.

Energialla, joka voisi vapauttaa meissä todelliset voimavaramme.

Auttaa meitä kasvamaan paremmaksi versioksi itsestämme.

Itseämme isommaksi emme voi kasvaa, mutta vähempään ei kannattaisi tyytyä. Aika yksinkertaista.

Kuulostaa naiivin yksinkertaiselta, että ihmiseksi kasvaminen ei ole sen kummempaa kuin eläimeksikään.

Ehkä ongelma on siinä, että haluamme jotain elämää isompaa ja ihmeellisempää ja sellaista kun ei ole, eksymme.

Elämää suurempaa elämää ei vain taida olla olemassa.

Parasta olisi nauttia tästä.

6. Vapaus ja luonnonlait

"Kuten lintu on luotu lentämään

on ihminen luotu onneen.

Kun ei pelkää itseään

Ei pelkää myöskään elää elämää"

Jäähyväiset aseille

Kollaa kestää-yhtyeen vuodelta 1979 oleva biisi, jonka sanoitus **Jyrki Siukosen**

Ranskan suuren vallankumouksen, joka alkoi 1789, suurina teemoina olivat Vapaus, Veljeys ja Tasa-arvoisuus. Kelpaisivat meidänkin ajallemme tavoitteiksi.

Miksi kuitenkin muistamme tuosta ajasta parhaiten giljotiinin ja sen, että kymmenessä vuodessa sekasorron kautta hallitsijaksi tuli Napoleon Bonaparte.

Vapaus. Paljon puhetta, vähän tekoja.

Tämän päivän maailmassa vapaus on kuihtunut mainoslauseeksi, jolla ei ole juuri todellista sisältöä.

Paitsi tietysti vapaus valita Coca Colan tai Pepsin välillä. Tai vapaus tilata roskaruokaa kotiin kuljetettuna.

Ajatellaanpa mitä tahansa alun perin hyvää aatetta niin jollain lailla se voidaan pilata.

Helppoa tässäkin taas todeta, että hyvä aate, mutta jätkät pilasivat.

Siis ne muut.

Mutta kun ei ole niitä muita.

Vain me, jotka olemme vastuussa tästä planeetasta ja toisistamme.

Tästä lähtökohdasta pääsemme jo lähemmäs mahdollisuuksia.

Olisikin aika luonnotonta, että asettaisimme yhden ihmisen tai edes puolueen vastuulle maailman tulevaisuutta.

Me teemme joka päivä päätöksiä, jotka vaikuttavat maailman kohtaloon.

"Jos et ole osa ratkaisua, olet osa ongelmaa"

Universumin tasolla ei ole Hyvän ja Pahan taistelua. Kaikki tapahtuu tiettyjen lainalaisuuksien mukaan. Ihminen on vain osa tätä järjestelmää.

Jos ihmiskunta yrittää voittaa Luonnon järjestelmän ja rakentaa omansa sen lainalaisuuksia uhmatakseen, siinä käy huonosti.

Voisi tietysti sanoa yksinkertaisesti, että valta turmelee. Valtaan päästyään ihmisten suhteellisuudentaju alkaa heittää ja vallan humalluttavat alkavat nähdä maailman hallittavana paikkana, jossa itse on keskipisteenä.

Ranskan vallankumouksen aatteet olivat hyviä, mutta ainakaan minun näkökulmastani Napoleonin aatteet eivät.

Sinä voit olla tietysti tästäkin eri mieltä ja kuten olen sanonut, maailmasta voi olla näkökulmasta riippuen hyvin monia mielipiteitä.

Haasteena on näin 8 miljardin näkemyksen ja kokemuksen yhteensovittaminen.

Ehkä yksi askel siihen suuntaan voisi olla oman tilansa löytäminen.

Myös oman energiansa tunnistaminen. Olemmeko täällä rakentamassa, säilyttämässä vai tuhoamassa? Vai pelkästään lastuina laineilla, joita kukin hallitsija muokkaa tarkoituksiinsa sopivaksi? Silloin ei enää ole vallassamme valita tiemme suuntaa.

On aika paradoksaalista, että tuhoaminen voi olla pohjimmaltaan hyvää tarkoittavien ihmisten toiminnan tulosta.

Pahiksia tappamalla meistä tulee myös tappajia.

Tämä on hyvä muistaa.

Kaiken kaikkiaan me olemme riippuvaisia toisistamme ja luonnonlaeista.

Tämä ei ole hyvä tai paha. Näin vain on.

Valistuksen ajoista lähtien maailmaa haluttiin kehittää tiedon ja yhteyksien kautta niin, että ihmisten elämästä tulisi monipuolisempaa. Feodaaliajalta peräisin olevia instituutioita pyrittiin purkamaan jo Ranskan Vallankumouksessa, mutta varsinainen vallankumous oli Teollisuuden Vallankumous. Se toi aivan uuden ulottuvuuden ihmisten elämään.

Adam Smithin ajatus ikään kuin näkymättömästä kädestä ohjaamassa talouden kehitystä oli johtotähtenä kun uskottiin kysynnän ja tarjonnan ohjaavan kehitystä niin, että ajan mittaan kuprut oikenevat ja optimaalinen hyvä toteutuu.

Tietenkään asiat eivät aina mene niin, sillä kaikissa järjestelmissä on välistävetäjiä ja erilaiset yhteiskunnat ovat erilaisissa kehitysvaiheissa.

Ajatus tasa-arvosta on kuitenkin säilynyt meidän aikoihin asti. Oikeastaan vasta neoliberalismi on luonut sen tilalle kilpailuyhteiskunnan, jossa on vain voittajia ja häviäjiä. Osalla ihmisistä päivittäisen elannon hankkimiseen ei riitä yksi työ, osa taas kerää miljardivoittoja pelkillä sijoituksilla.

Eriarvoisuudesta on tullut jo luonnon tuhoutumiseen verrattavissa oleva katastrofi.

Ihmiskunnan yhteistä etua ei palvele kaikkien sota kaikkia vastaan. Ei tietenkään.

Kasinopelin voittajat eivät tietenkään halua myöntää tätä euforiassaan.

Kuulin juuri hiljattain eräältä kiinalaiselta, että heidän maassaan ihmisten elintaso on noussut kyllä huikeasti, mutta ei ilman vastavaikutuksia.

Xi Jinpingin hallintakaudella on 700 miljoonaa ihmistä nostettu köyhyydestä keskiluokkaan ja taloudella menee vuosi vuodelta lujempaa.

Kiina on noussut sähköautojen tuottajana maailman kärkeen ja myös infrastruktuuri siellä on kehittynyt huikeasti. Luotijunat kulkevat huippuvauhtia kasvukeskusten välillä ja sellaisten yritysten kuin Aliexpress ja Temu nettikauppa on saanut läntisen pallonpuoliskon kehittämään vastatoimia oma taloutensa puolustukseksi.

Kiinalainen kaupankäyntikulttuuri on kuitenkin vanhempaa perua kuin läntinen, mutta nykyinen talouden kasvuvauhti on kuulemma jo saanut muotoja, jotka horjuttavat perinteisiä perhearvoja.

Rahasta on tullut Kiinassakin ylin arvo, joka ei välttämättä ole pelkästään hyvä juttu ihmissuhteissa.

Ihan kuin meillä lännessäkin.

Minun näkökulmastani se ei ole riittävä arvo, jos ajatellaan vähänkin syvemmälle ihmisten hyvinvointia. Puhumattakaan ympäristömme tilasta.

Jos olivat komeita orjatyövoimalla rakennetut linnat ja palatsit, ovat hyödyn aikakaudella rakennetut rakennukset ainakin Suomessa usein uskomattoman ankeita. Kysymys ei varmasti ole rahan puutteesta.

Nopea muutos Suomessakin agraariyhteiskunnasta teollisuusyhteiskunnaksi loi paineita asuntorakennukselle 1960-70 luvuilla. Piti rakentaa kaupunkeihin muuttavalle väestölle asuntoja nopeasti kun maaseutu alkoi tyhjentyä ja tyhjentyessään vielä entisestäänkin vähentää palveluja.

Tällainen ketjureaktio on meneillään meillä itärajalla jälleen kun ainakin toistaiseksi rajat kiinni-liike estää liiketoiminnan.

Kaikki vaikuttaa kaikkeen.

Kaiken keskiössä kuitenkin pitäisi olla ihmisten ja luonnon hyvinvointi.

Toteutuuko se, jos kaikki on markkinavoimien hallinnassa?

Mielestäni ei. Näin ollen tarvittaisiin kaikkien toimijaryhmien yhteistyötä mieluummin kuin sijoitusvoittoihin perustuvaa peliä, vaikka se tietysti voittajien näkökulmasta niin kovin kivaa onkin.

Maailma näyttää erilaiselta sijoitusmestarin silmin.

Mikään luonnonlaki se ei ole, että meitä hallitaan rahalla. Se on vain pelin henki.

Toisinkin voisi tietenkin olla.

Olin vuosituhannen vaihteessa mukana projektissa, jossa pyrimme kestävän kehityksen hengessä säilyttämään vanhaa rakennuskantaa mm. rakennustarvikkeiden kierrätyksellä. Kierrättäminen oli silloin vielä suhteellisen uutta, joten projekti ei aivan hyvin onnistunut. Kuitenkin saimme useita vanhoja rakennuksia säilytetyksi Läntisellä Uudellamaalla. Parhaiten ehkä Tammisaaressa, jossa suhtautuminen vanhoihin rakennuksiin on aina ollut säilyttävää. Vanhan kaupungin asemakaava on aika pitkälti 1800-luvulta ja perinteitä vaalitaan.

200 vuotta vanha talo ei voi olla ihan huonosti rakennettu. Hirsitalo on periaatteessa ikuinen kun se on löytänyt oman muotonsa.

Toki senkin saa rappeutumaan huonolla hoidolla, mutta yleensä sellaisen omistaja suhtautuu jo lähtökohtaisesti arvostavasti asuinpaikkaansa.

Jotkut talot toki ovat myös pelkkiä sijoituskohteita, mutta silloinkin Museovirasto valvoo niiden kunnossapitoa.

Aina ei tarvitse vaihtaa uuteen. Ja luontokin kiittää.

Kertakäyttökulttuuri kuitenkin on luonut maailmastamme monin paikoin asuinkelvottoman.

Televisiossa pyöri aikoinaan ohjelma, jossa kuvattiin, mitä tapahtui yhdysvaltalaisille entisille teollisuuskaupungeille, joista oli lähdetty kun raskas teollisuus ei enää elättänyt ja Piilaakson kaltaiset uudet alueet houkuttelivat ihmisiä.

Mielenkiintoista oli, miten luonto oli ottanut haltuunsa alueet ja ne alkoivat vähitellen metsittyä ja löytää uudenlaisia ekosysteemejä.

Luonto kyllä pärjää ilman ihmistä, mutta toisinpäin ei oikein onnistu.

Luontoaktivisti Greta Thunberg herätteli ihmisiä jokunen aika sitten maalaamalla kuvia luonnon tuhoutumisesta.

Media nosti ensin tytön supertähdeksi, mutta vähitellen hänen sanomaansa on sitten alettu vastustamaan milloin milläkin perusteella.

Vähän samanlaista oli yleinen ajattelu korjausrakentamisprojektimmekin kohdalla.

Sopii, kunhan emme joudu itse tekemään mitään.

Tämä asenne on aina jotenkin askarruttanut minua, mutta vähitellen olen alkanut ymmärtää senkin perustaa.

Suurin osa ihmisistä on aina ollut hallintoalamaisia. Milloin on hallinnut kirkko, milloin taas feodaaliherrat tai suurkapitalistit, mutta itsenäisyys on ollut useimmiten harvojen etuoikeus.

Tämä on saanut monen sisäistämään ajattelunsa niin, että vastuu toiminnasta kuuluu muille. Minä vain teen työni.

Jos tästä huomauttaa, saa aika lailla ikävää palautetta.

Kuitenkin – kuten monessa yhteydessä olen sanonut – vastuu tästä planeetasta kuuluu ihan kaikille. Sekin, keitä valitsemme johtajiksi, jotka päättävät toimintamme suunnasta.

Mikään luonnonlaki ei ole se, että 8 miljardia ihmistä tahkoaa sijoitusvoittoja 8 ahneimmalle.

Elon Musk, Bill Gates, Jeff Bezos... ja niin edelleen...

Nostamme huipulle ihmisiä, jotka ovat keksinnöillään tietenkin luoneet giganttisen omaisuuden, mutta entäpä jos elämän arvo olisikin hyvässä ympäristössä? Ihmisyyttä arvostavassa elämäntavassa?

Joskus on järkevää maksaa vaikka vähän enemmän tällaisesta.

"Köyhällä ei ole varaa huonoon laatuun", totesi minulle yhdeksänkymppinen rouva, joka oli tehnyt ainakin jotain oikein elämässään saavuttaessaan näin korkean iän.

Valitettavasti hän ei ehtinyt elää satavuotiaaksi, vaan nukkui hiljaa pois juuri 96 vuotta täytettyään.

Kaikella on elinkaarensa. Ja kaikilla meillä ihmisistä elämänkaaremme, joka on rajallinen.

"Käärinliinoissa ei ole taskuja."

Toisaalta surkuttelu ei ole hyväksi myöskään, koska lopulta se ei mitenkään paranna mitään.

Ihmisen kasvaminen täyteen mittaansa voisi olla hyvinkin toimiva elämän tarkoitus. Kunhan se ei edellytä toisten elämän tuhoamista. Kilpailuyhteiskunnassa näin tapahtuu kaiken aikaa. Onko sille sitten vaihtoehtoja?

Tietenkin on. Täytyy vain astua ulos kuplasta, johon me kaikki olemme oppineet elämämme rakentamaan. Emme voi parhaalla tiedollammekaan nähdä koko maailmaa vaan toimintamme rajoittuu omaan elämäämme. Ja hyvä niin, sillä ihmisen aivokapasiteetti on rakennettu luolamiehen toimintaa silmällä pitäen.

Logos hallitsee maailmankaikkeutta.

"Täh!", huomaan taas luolamiehen huomauttavan...

Greta Thunbergin teemoja on paha vastustaa, mutta eipä näytä ihmisten syyllistäminenkään olevan hyvä ratkaisu asioiden korjaamiseen, vaikka elintärkeää onkin ihmisten herättäminen toimintaan.

Vastuu on kollektiivinen, joten meitä kaikkia tarvitaan muuttamaan monomaaninen elinympäristömme tuhoaminen.

Uusien energiamuotojen löytäminen vain kiihdyttää elämäntapamme tuhoavuutta.

Huvittavaa, miten luonnon tilaa pohtimaan vuosittain matkustaa arvokkaan näköisiä liituraitaherroja ja jakkupukuleidejä ensimmäisessä luokassa ja kerosiinia palaa, jotta loppukommunikeassa voi lukea huolestuneelta kuulostavia manifesteja.

Ja jälleen todetaan, että raha ei siitä.

Asevarusteluun sitä sen sijaan tuntuu riittävän vaikka se on juuri päinvastaiseen suuntaan kohdistuvaa toimintaa.

Metka on ihmismieli. Näyttää usein siltä, että on helpompaa saada ihmiset tuhoamaan kuin rakentamaan.

Tämäkin voisi olla tulosta siitä, että kollektiivinen vastuu ei ole kovin seksikäs käsite.

No, nyt lähden taas moralisoimaan vaikka ajatukseni on auttaa etsimään uudenlaisia ajattelutapoja.

Sodanjälkeiseen Suomeen syntyneenä olen saanut syyllistävän ja häpeää välttämään pyrkivän kasvatuksen, josta saattaa olla vielä rippeitä jäljellä.

Lähinnä haittaavia ominaisuuksia, mutta en toki oikein hedonistiseen oman edun ylikorostamiseenkaan usko edes yksilötasolla.

Me elämme hyvin erilaisissa elämäntilanteissa ja kehitysvaiheissa, joten pelkkä ulkoa ohjaus ei toimi hyvin. Jokainen joutuu itse tykönään määrittelemään, mitä voi tehdä. Näiden päätösten kanssa joudumme elämään.

Näin selittyy se, että moni idealisti murskaantuu ja sen sijaan narsistit ja psykopaatit menestyvät.

Aika ikävää, jos tämä on luonnonlaki.

Kirjoitan tätä lukua helmikuussa 2025, jolloin tähtitaivaalla voi nähdä harvinaisen näyn. Kaikki seitsemän planeettaa näkyvät oikeassa havaintopisteessä kaarena. Näky on seuraavan kerran mahdollinen vuonna 2040.

Tämän kautta voi saada jonkinlaisen käsityksen siitä, millaisista mittasuhteista Universumissa on kysymys. Myös siitä, että pysyvintä maailmassa on liike.

Niille, jotka kokevat maailman ahdistavana voi olla virkistävää nähdä se oikeissa mittasuhteissa. Sanotaan, että kaukaa näkee lähelle tarkemmin. Olen tätä kokeillut matkustamalla aika ajoin paikkoihin, joissa en ole ennen käynyt.

Monta kertaa juuri niin olen saanut uusia näkökulmia asioihin. Yhteen pisteeseen tuijottaminen saa helposti sokeaksi kaikelle muulle.

On varmasti mahdotonta ymmärtää täysin kaikkea tässä maailmassa, mutta joskus jo pelkkä pienikin näkökulman muutos voi saada paljon muutosta ajattelutapaan. Jos vain on avoin asioille.

Käytän vertauskuvallisesti usein ilmaisua, että on lähes tajunnanräjäyttävä kokemus havaita ovi kun on lyönyt päätään seinään kipurajalle asti.

Ihmiskunnan historia kertoo useista erilaisista kausista jolloin olemme eläneet hyvinkin erilaisten kehityskausien vaikutuksessa.

Valistuksen ajalla vaikuttivat Voltaire, Rousseau ja Montesquieu. Jotenkin heidän ajattelunsa on aina kiehtonut minua. Voltairen ajatus oli oikeastaan sananvapauden perusta, Rousseau opasti löytämään rauhan luonnosta ja Montesquieun perua on vallan kolmikantaoppi: lain säädäntövalta, tuomiovalta ja toimeenpanovalta tulisi pitää erillään niin, että yksinvaltiuden ja suoranaisen tyrannian mahdollisuutta ei olisi.

Näitä ajatuksia sitten on aina välillä tulkittu mitä moninaisemmilla tavoilla.

Sananvapauden tila on tällä hetkellä vähän niin ja näin. "Jos et ole puolellamme, olet meitä vastaan".

Tämä asenne estää näkökulmien vaihdon tehokkaasti ja ajaa meidät keskenään ristiriitaisiin klikkeihin, jotka vahvistavat näkemyksiään keskenään, mutta erilaisiin näkökulmiin omaksutaan jyrkän tuomitseva linja. Kuitenkin vasta erilaisten näkemysten kohtaaminen voisi laajentaa maailmaamme ja auttaa sitä kehittymään.

Vaikeata, jos vain oma näkökulma nähdään oikeana.

On tietysti asioita, jotka ovat yksiselitteisesti väärin ja haitallisia kaikille. Kuitenkin maailmankaikkeudessa ei tapahdu Hyvän ja Pahan välistä taistelua. Se on ihmisten keksintö. Karman Laki tosin voidaan nähdä jonkinlaisena johdonmukaisuutena, mutta sekään ei aina toimi oikein ja oikeita ihmisiä kohtaan.

Ihmisten maailmasta voidaan kyllä sanoa kaikenlaista, mutta jos joku tulee minulle sanomaan, että se on oikeudenmukainen , epäilen tämän henkilön olevan jonkun manipulointiryhmän asialla.

Näinhän meitä hallitaan.

Politiikka on yhteisten asioiden hoitoa?

Niinhän sen pitäisi olla, mutta miksi sitten täytyy olla niin paljon lobbausryhmiä, joiden ainoa tarkoitus on oman etupiirinsä etu muiden kustannuksella? Eikö tarkoitus olisi löytää yhteinen etu?

Rousseaun ajatus luontoon palaamisesta taas on meidän aikanamme ikään kuin vastakohta luonnon hyväksikäytölle. Kuitenkin ihmisen mielenterveydenkin kannalta on tärkeätä säilyttää yhteys luontoon, vaikka ainakin Woody Allen näkee asian toisin.

No, näkökulmia on 8 miljardia.

Vallan kolmikantaoppi on kuitenkin ehkä mielenkiintoisin siinä mielessä, että periaatteessahan siitä vallitsee ainakin länsimaisessa ajattelussa yksimielisyys.

Kun joku julistetaan diktaattoriksi, tämä on Paha. Olipa sitten kyseessä joku oligarkki tai valistunut yksinhallitsija. Tai kansaansa sortava ilkimys.

Näin voidaan perustella myös mielivaltaiset sodat ja väkivaltaiset vallankaappaukset..

Minulle oli aikamoinen järkytys kun Yhdysvalloissa paljastui hiljattain maan hallinnon sisällä vaikuttanut USAID-järjestö, joka oli järjestänyt vallanvaihtoja ympäri maailmaa ja estänyt kansanvaltaa toteutumasta kaikkialla, missä se vähänkin oli ristiriidassa Yhdysvaltain etujen kanssa.

Vielä merkittävämpää oli, että tämä paljastus tuli Yhdysvaltain hallinnolta. Muutenhan sen olisi voinut helposti kiistää vieraan vallan propagandana.

Minulle se ei tullut suorastaan yllätyksenä, mutta jonkinlainen merkki asioiden muutoksesta se silti on. Vielä vuosi sitten valtamedia julisti minulle päivittäin, että naapurimaamme hallitsija keksi sodan ja hänen eliminoimisensa on kaikkien kansalaisvelvollisuus.

Näin tosin meillä hoetaan vieläkin, mutta Ukrainassa ollaan vähitellen löytämässä rauhankin mahdollisuuksia.

Minä en ole ymmärtänyt kolmeen vuoteen, miksi meidän pitäisi kustantaa sotaa, joka ei meille kuulu millään lailla. Bulevardilehdistö on maalannut kauhukuvia naapurin katalista aikeista, mutta todisteita niistä ei ole pahemmin välitetty . Ikävintä on, että monet lähimmäiseni ovat uskoneet väitteet ja nyt jopa rauhan asialla ennen olleet ovat julistamassa pyhä sotaa.

Ei ihme, että monet ovat pimahtaneet niin sanotusti.

Kognitiivinen dissonanssi saa sen aikaan.

Jos meille välitetty kuva todellisuudesta on ristiriidassa kokemustemme kanssa, elämästä tulee monella lailla epävarmaa ja pelottavaakin.

Kun vielä sananvapautta rajoitetaan, on vaikeata elää normaalia elämää.

Normaalia elämää, jossa oma ja perheen toimeentulo on turvattu ja voimme olla yhteydessä toisiimme terveellä tavalla.

Vapaus jostakin ja vapaus johonkin. Kaksi eri asiaa.

Ehkä eniten epävapaa on sellainen ihminen, joka tietää, miten asiat ovat, mutta silti yrittää vakuuttaa itselleen jotain ihan muuta.

Ensimmäisenä tulee tietysti mieleen poliitikot ja muut leipäpapit.

Matteus 16-26 kuitenkin jo toteaa suunnilleen näin: " Mitä se hyödyttää ihmistä, jos hän saa itselleen koko maailman, mutta sielulleen vahingon?"

Ihminen, kuten muutkin luontokappaleet toimii luonnonlakien puitteissa ja optimaalisesti. Luonnonlait tarjoavat aika lailla täydellisesti toimivan järjestelmän, jonka puitteissa elämä on mahdollista.

Miten tavataan Karl Marx? How do you spell love?

On tärkeätä ymmärtää asioita, mutta yritys analysoida ne puhki ei johda mihinkään kovin rakentavaan. Pikemminkin tuhoavaan.

Vapautta on toimia omien ominaisuuksiensa puitteissa tavalla, joka on sopusoinnussa kokonaisuuden kanssa.

Ongelmia syntyy kun yrittää olla enemmän tai vähemmän.

Omassa elämässäni opin tämän kun jo nuorena tajusin, että minusta ei koskaan tule hyvää maanviljelijää. Miksi? En tiedä, mutta näin vain tajusin jo aika nuorena.

Seuraava kysymys tietysti oli, mitä minusta sitten tulee?

Siihen ei minulla vastausta vieläkään, mutta tässä olen.

Kaikki vain on. Yritys kahlita olevaisuus sanoilla on aika epätoivoista alkemiaa, vaikka sanoilla luotu näkymä voikin olla kaunis.

Jotenkin kai aikojen alusta tai ainakin tulen keksimisen jälkeen ihmisillä on ollut tapana kokoontua . Ensin nuotion äärelle nauttimaan lämmöstä ja valosta. Sitten sosieteeraamaan ja kertomaan toisilleen tarinoita.

Parhaista tarinankertojista tuli sitten suosittuja. Mitä hurjempi tarina, sitä kiehtovampi.

Minuakin jo lapsena kiehtoivat tarinat, joita luin kirjoista tai sitten kuuntelin lähistöllä tietä rakentavilta lentojätkiltä.

Voi olla, että niiden kiehtovuus sai maalaiskylän todellisuuden tuntumaan liian tylsältä. Ehkä. Voi olla, että vain tunsin olevani väärässä paikassa.

Olin kuitenkin juuri siellä, missä olin. Kuuntelemalla tarinoita tunsin olevani jossain muualla. Kirjojen maailma alkoi kiehtoa myös.

Onhan sekin vapautta, että voi haaveilla, mutta vasta toiminta saa jotain muutosta aikaan. Höttömaailmassa voi vain haaveilla.

If wishes were horses...

Tämän päivän maailmassa viihdekulttuuri tarjoaa meille pakomaailman, jossa voimme ajatella elämää erilaisena kuin arkitodellisuudessa.

Joskus kuitenkin todellisuus voittaa villeimmätkin tarinat.

Silloin voimme kasvaa todelliseen mittaamme ja elämme tätä elämää kaikilla soluillamme juuri niin kuin se on meihin kirjoitettu.

DNAmme antaa siihen perustan, mutta itse luomme elämämme.

Ympäristömme luo sille edellytykset.

Tässä elämämme perusta.

Ei se oikeastaan sen kummallisempaa ole.

Jaettuna tietysti elämä voi olla vieläkin antoisampaa.

Vaan mikäpä voisikaan olla hankalampaa kuin toisen ihmisen kohtaaminen...

Olemme tässä hedonismia arvostavassa järjestelmässä oppineet arvostamaan yksilönvapautta ja oikeutta elää ilman kahleita.

Kaiken historiallisen orjuuden jälkeen mikäpä voisi olla luontevampaa?

Pyrkiminen vapauteen ja parempaan elämään on hyvin luonnollinen tavoite.

Luonnonlaeista emme silti voi vapautua.

Luonnonlaki voisi tavallaan olla se, minkä luin yhden kierrätyskeskuksen seinältä: "Tuo tullessasi, vie mennessäsi!"

Ongelmat syntyvätkin silloin kun haluamme viedä kaiken eikä tuoda mitään.

Sitten vielä se, että olemme kaikki elämässämme juuri omassa tilassamme. Keskeneräisinä.

Joskus tarvitsemme enemmän, joskus vähemmän...kunnes kasvamme tilaan, jossa voimme elää tuon sitaatin mukaan. Tasapainossa universumin kanssa.

Vibrating with the Universe.

Sen paremmaksi emme pääse.

Tarinat voivat olla elämää suurempia, mutta elämä vain on.

Meidän tarinamme ovat erilaisia.

"Sinä olet varmasti tyhmä kun minä en ymmärrä sinua".

Ihan näillä sanoilla en ole kuullut asiaa ilmaistun, mutta usein tuomitsemme juuri ne asiat, joista meidän olisi hyvä ottaa selkoa.

Oliko pyramideja rakentavilla orjilla aikaa pohtia elämän hienouksia?

En tiedä, mutta kaikki on suhteellista.

Ehdottomasti.

No nyt taas rönsyilin, joka on varmasti yksi paheistani, mutta taisin yrittää esittää yksinkertaista asiaa monimutkaisesti.

Kaikki vain on.

Siinä se.

Elämme jo siinä maailmassa, josta valistuksen ajan kirjailijat ja filosofit vasta haaveilivat.

Ideana on vain huomata se.

Onhan tietysti yksi tapa nauttia siitä, että tekniikka on tullut helpottamaan elämäämme.

Voimme myös matkustaa paikasta paikkaan

Tai kehittyä maailman parhaaksi surffaajaksi.

Tai oppia maailmankaikkeuden rakennetta ja mahdollisuuksia.Ymmärtää, hyväksyä, arvostaa. Siinä järjestyksessä.

Tai sitten vain olla ja möllöttää ihmetellen tätä kaikkea.

7. Sisäistetty vai ulkoistettu?

"Ajattelen, olen siis olemassa"
Rene Descartes

Minun aikanani koulussa opetettiin uskontoa Martti Lutherin hengessä. Oli suotavaa oppia Isämeidän rukous ja Katekismus ulkoa. 1960-luvulla oli vielä muodissa karttakepillä sormille lyönti ja häpeärangaistukset.

Noita aikoja en kaipaa.

Uskonnoissa helposti olennaiseksi tulee asioiden omaksuminen niin, että oma ajattelu tulee hylätä synnillisenä ja ulkoa annetut opit täytyy omaksua ilman kritiikkiä. En oikein koskaan ole oppinut hyväksymään tätä.

Niinpä mieluummin käytän kreikankielistä ilmaisua Logos siitä voimasta, joka pitää yllä elämää planeetallamme. En kuitenkaan tarvitse temppeleitä tämän voiman palvomiseen. Riittää, että ymmärrän elämän voiman.

Ekumeenikko? Ehkä niin...

Kuinka paljon sotia onkaan käyty – ja käydään – sen vuoksi, että jonkun toisen käsitys elämän voiman tuojasta poikkeaa omasta?
 Selvyyden vuoksi sanon, että jokainen voi uskoa mihin tahansa, mikä auttaa kasvamaan ihmisenä

parempaan suuntaan. Rakastamaan lähimmäistään ja arvostamaan tätä elämän lahjaa, joka minun ymmärrykseni mukaan on ainutlaatuinen.

Onhan tietysti mahdollista, että olen elänyt muissakin olomuodoissa, koska aineen häviämättömyyden lain mukaan se kaikki, mikä planeetallamme on, on ollut aina. Vain muotoaan muuttaen.

On muodikasta syyllistää ihmisiä siitä, että he ovat harhautuneet väärään uskoon. Minä en syyllistäisi ketään, sillä useimmat meistä kulkevat niitä teitä, jotka on viitoitettu. Joskus jo sukupolvia sitten.

Onko sitten muutos mahdollinen?

Voimmeko jossain vaiheessa vain lopettaa tuhoisat perinteet ja sanoa: "Tämä loppuu meihin!"

Tietenkin voimme, mutta sen päätöksen on tultava sisältämme eikä jonkun trendsetterin tai influensserin painostamana. Humpuukikauppiaista nyt puhumattakaan.

Ulkokultaisuus, teeskentely ja mielistely olivat tuttuja käyttäytymistapoja jo ajanlaskumme alussa, joten Raamattukin kertoo esimerkkejä ihmisten viheliäisestä käytöksestä.

Niinpä ei pitäisi olla yllätys, että meidänkin aikanamme nuo piirteet hallitsevat monia.

Jokainen pyrkii tietysti tulemaan hyväksytyksi yhteisönsä puolelta. Vaatii joskus aikamoista rohkeutta toimia yhteisön arvojen vastaisesti vaikka ne sotisivat kuinka räikeästi omia arvoja vastaan. Kuitenkin ainoastaan tällainen rohkeus voi muuttaa asioita. Pelko on hyvin vahva hallintakeino ja tämän tietävät meidänkin aikamme hallitsijat.

Heidän harmikseen kuitenkin tieto on nykyisin lähes kaikkien ulottuvilla.

Jotta asiat eivät olisi liian yksinkertaisia, manipuloinnista on tullut tapa hallita.

Hankalinta on kun joutuu kokemaan kognitiivista dissonanssia.

8. Miksi vallankumoukset syövät lapsensa?

*"Valta turmelee
ja ehdoton valta turmelee ehdottomasti"*

Itsestäänselvyys

Ihan alkuun todettakoon, että turhaa odottaa muutosta, jos ei ole itse valmis muuttumaan.

Imperiumit tulevat ja menevät. Meille historiassa ne esitetään suurten sotapäälliköiden ja ruhtinaiden aikaansaaannoksina. Voittoina ja tappioina.

Tavallisten kansalaisten kannalta ei ole suurta merkitystä, onko hallitsijan nimi Sigismund, Ludvig vai Richard. Suurin osa ihmisistä on kautta historian elänyt hallintoalamaisina ja joutuen tyytymään siihen, mitä on saanut.

Demokratia ja tasa-arvo ovat vasta hyvin vähän aikaa olleet asialistalla maailmassa. Tärkeintä on ollut elää Herran nuhteessa ja pelossa mikäli on halunnut säilyttää henkiriepunsa.

Uskomme, että elämme oikeudenmukaisessa ja demokraattisessa maailmassa, mutta ei tarvitse ajatella kuin Julian Assangen kohtaloa niin ymmärtää, että ihan näin naiivisti ei voi maailmaan suhtautua.

Meitä hallitaan – ja manipuloidaan. Edes omaa elämäämme emme pysty hallitsemaan niin, että voisimme helposti kasvaa omaan mittaamme.

Se on kuitenkin sentään meidän elämämme sisältö.

Itseämme isommaksi emme voi kasvaa, mutta myös vähempään ei pitäisi tyytyä.

Vaikka lähihistoriaamme kuuluu sellainenkin menestystarina kuin Nokia, on hierarkkisuus silti leimallista vieläkin Suomen talouselämässä.

Voi myös olla eri mieltä siitä, onko kaiken liiketoiminnan funktiona pelkkä sijoitusvoitto. Näennäisesti se luo kasvua, mutta ei aivan ongelmattomasti. Sitä paitsi pelkkiin numeroihin tuijottaminen ei kerro mitään siitä, lisääkö se hyvinvointia muillekin kuin voittajille.

"Winner takes it all"

Kuulostaa ensi alkuun ikään kuin luonnonlailta, että jotkut voittavat ja toiset taas häviävät, mutta kun sitä vähänkin syvemmälle tarkastelee, kysymys on vain pelistä. Aivan kuin jalkapallo tai jääkiekko.

Toisille elämä onkin vain peliä. Valitettavasti olemme usein luovuttamassa vallan juuri heille. Tämä ei ole mielipide vaan havainto.

Ihmiskunnan historia on voittajien historiaa. Joskus – mutta käytännössä harvoin - voittajaksi voi nousta tavallisen kansan edustajakin, jos riittävästi osaa hyödyntää kykyjään ja sattuu pääsemään oikeaan peliin.

123

Näitä pelejä on sitten monenlaisia. Tyypillistä on, että bulevardimedia nostaa ja pudottaa näitä meidän aikamme kellokkaita.

Yhtenä päivänä huipulla, toisena katuojassa.

Kuuluisuuden kiroja.

Myös politiikassa vahvat persoonat voivat nousta, jos osuvat syntymään oikeaan ajankohtaan.

Vallankumousjohtajat ovat tästä hyvä esimerkki. Venäjällä syöstiin vanha valta vähän yli 100 vuotta sitten ja valtaan nousi Vladimir Ilits Lenin.

Tulisieluinen kansanjohtaja halusi luoda työväenluokan hallitseman valtion. Hän ehti kuitenkin olla vallassa vain muutaman vuoden, joten varsinaista kestävää systeemiä ei hänen opeillaan ehditty luoda kunnes valtaan astui Josef Stalin.

Oikeastaan George Orwellin "Eläinten Vallankumous" kuvaa tätä prosessia, joten en tässä sitä sen enempää kommentoi.

Monenlaisia pienempiä yrityksiä on ollut kautta historian, mutta alun innostuksen jälkeen niille on käynyt enemmän tai vähemmän köpelösti.

Vuonna 1974 Portugalissa oli Neilikkavallankumous, jonka johtajat olivat intomielisiä ja kansanvallan kannattajia. Kaikki menikin aluksi kohtuullisen hyvään suuntaan ja kansa saattoi olla innoissaan diktaattorin kaaduttua ja vallan tultua kansalle.

Kansanvalta. Kansan valta. Aika lailla uusi juttu ihmiskunnan historiassa kuitenkin, joten aika helposti Imperium iskee takaisin, jos ei ole selkeitä ajatuksia, miten valtaa käyttää.

Tällä hetkellä on USA:ssa meneillään jonkinlainen vallankumous, jonka kulkua voimme seurata päivittäin. Näkökulmasta riippuen se on joko hyvä tai huono. Tai harmaalla alueella. Täältä päin katsoen se kuitenkin on amerikkalainen vallankumous. Tämä on hyvä muistaa.

Vallankumouksen ensi-intoa seuraa väistämättä arkinen työ.

Se ei ole yhtä hohdokasta kuin lippujen heiluttaminen. Niinpä porukka vähitellen harvenee. Parhaimmillaan tietenkin arkiseen työhön yhteiskunnan parempaa huomista kohti.

Jotain hyvää vallankumoukset kuitenkin aina myös tuovat, vaikka eivät yhtä triumfia olisikaan jatkuvasti.

Eräs ystäväni kuvaili kuitenkin ihmiskunnan yhtä kohtalonkysymystä näin: " Jokaisessa Paratiisissa on käärme – jokaisessa käärmeessä on paratiisi".

Helposti elämme sitku-maailmassa. Sitten kaikki on hyvin kun ilkeä ruhtinas on surmattu ja olemme vapaita.

Mutta mitä on sitten vaihtoehto? Ajaudummeko vain ruhtinaaksi ruhtinaan paikalle?

"Kungen är död. Länge leve kungen"

Revolution kuvaa ikäänkuin liikettä johonkin. Yleensä tietenkin ajatellaan, että parempaan, mutta miksi sitten muistamme tosiaan Ranskan Suuresta Vallankumouksesta lähinnä giljotiinin ja sen, että se johti Napoleonin valtaan?

Jokaisessa Paratiisissa on käärme.

Jos ei ole selkeää määritelmää sille, mikä on muutoksen sisältö, aina löytyy niitä, joita kiinnostaa heitteille jätetty valta.

Historia on tämän opettanut, joten pelkkä vallankaappaus voi johtaa ojasta allikkoon.

Aatteet tulevat ja menevät ja vaikka monella tavalla ihmiskunta on edennyt kurjuudesta valoon ainakin joidenkin kohdalla, nämä vallan perusolemukset eivät ole muuttuneet.

Luolamiesaivoilla tässä pakerretaan eteenpäin Al-aikakaudellakin.

Ihmisiä hallitaan uhkailemalla, pelottelemalla ja lahjomalla.

Luolan ulkopuolella on petoja vaanimassa, joten parempi totella luolamiestä.

No, naiset sentään ovat nykyisin meillä länsimaissa emansipoituneet niin, että eivät suostu alistumaan kaikessa luolamiehen tahtoon.

Vai onkohan näin ?

Aika lohduttomalta tuntuu siis ajatus vallankumouksesta jos kuitenkin niin helposti palataan takaisin vanhaan.

Kuitenkin on hyvä muistaa myös, että jokainen ketju on juuri niin vahva kuin sen heikoin lenkki.

Tämän vuoksi parempi tulos voisi tulla, jos Eino Leinon oppien mukaan vahvempi tukisi heikkoa ja yhdessä etsittäisiin ratkaisuja.

Jokaisella on kuitenkin omat taistelunsa ja haasteensa, joita yhdessä toimimalla voisi ratkoa.

Mikä olisi tämän päivän maailmassa sellainen oppi, joka voisi yhdistää ihmiset ?

Luonnon ongelmat, luodut vastakkainasettelut ja eriarvoisuus?

Eriarvoisuus on ehkä kaikkein suurin este sille, että voisimme ihan aidosti palauttaa planeettamme siedettävään tilaan. Nyt meillä on paljon sellaisia asioita, jotka tuhoavat elinmahdollisuuksiamme.

Suuri kansannousu, joka riisuisi oligarkit aseista voisi kuulostaa innoittavalta, mutta väkivallalla on yritetty ennenkin muutosta ja päädytty lähinnä orjuudesta kurjuuteen.

Ikävä totuus on, että muutokset ovat riippuvaisia meistä kaikista.

Miten ne voisivatkaan toimia, jos kaikki eivät ole mukana ?

Nyt olemme eläneet tätä Neoliberalistista järjestelmää viimeiset vuosikymmenet ja purkaneet tehokkaasti kansalaisyhteiskuntaa.

Sellainen meille syntyi kun naapurissa oli kommunistinen valtio, joka ainakin aatteen tasolla edusti työväen valtaa.

Sosiaaliturvajärjestelmämme ja ja työväenoikeudet syntyivät vastapainoksi sille, että kansa ei olisi halunnut liittyä Neuvostoliittoon.

En tiedä, kuinka moni oikeasti olisi halunnut liittyä siihen, mutta kun tämä savijaloilla seisova jättiläinen romahti, meillä alettiin purkaa vasemmistolaista ajattelua aika lailla totaalisesti.

Tuloksen voimme nähdä nyt ja itse kukin voi miettiä, onko se hyvä, että elämme yhteiskunnassa, jossa ihmiset ovat jakautuneet osallisiin ja osattomiin.

Erilaisilla tulonsiirroilla meitä pidetään hengissä, jotta rikollisuus ei pääsisi rehottamaan, mutta monen nuoren ihmisen tulevaisuuden näkymät ovat melko lohduttomat, jos ei ole sattunut syntymään oikeaan perheeseen ja saamaan perintönä enemmän kuin muut työllään koko elämänsä aikana.

Voittajat vievät kaiken.

Tämä olisi pitänyt tajuta jo silloin kun vuonna 1989 jaettiin joka kotiin ilosanomaa "Verotus kevenee".

Kyllähän se tietysti kuulosti hyvältä, että byrokratiaa haluttiin vähentää, sillä vanhassa järjestelmässä oli monia puutteita.

Kuitenkin vähitellen kaiken kansallisomaisuuden siirtyminen kauppatavaraksi terveydenhoitoa myöten oli aikamoinen järkytys tavalliselle kadun tallaajalle, joka oli tottunut terveyspalvelujen tasa-arvoisuuteen.

Kysymys oli kuitenkin poliittisesta valinnasta.

Halusiko kansa oikeasti sitä? Ja oliko muita mahdollisuuksia?

Aluksi kansaa valistettiin, että nyt kun olemme vapaita, meidän täytyy purkaa esteet sijoittajilta, jotka haluavat sijoittaa Suomeen. Sitten piti liittyä Euroopan Unioniin ja luopua omasta rahasta.

Mitä on oikeasti jäljellä itsenäisestä Suomesta?

Suostuttelemalla meidät on saatu hyväksymään ajautuminen velalla elämiseen ja nyt pitäisi leikata sitten siitäkin vähästä, millä huono-osaiset joutuvat elämään. Huono-osaiset kuitenkin käyttävät lähes kaiken kulutukseen, joten se raha palaa takaisin toisin kuin veroparatiiseihin katoavat sijoitusvoitot.

Kansallinen itsetunto? Mitä se merkitsee meille tänään? Sotavarustelua?

Yhdysvalloissa jopa huono-osaisimmilla on syntymästä lähtien takaraivossaan opetettuna, että he elävät maailman parhaimmassa maassa, vaikka tavalliselle keskiluokkaiselle elintaso ei olekaan enää sitä, mitä se oli muutama vuosikymmen sitten kun perheen pää pystyi ostamaan talon ja muutaman auton sekä lähettämään lapset Collegeen yhdellä työllä.

Amerikkalaiset halusivat viime vaaleissa muutosta, joten he valitsivat muutoksen.

Oma juttunsa sitten, oliko vaihtoehtoja.

On helppoa syyttää kansalaisia siitä, että he (me) ovat sallineet vallan valuvan pois ulottuvilta. Kuitenkin muutos lähtee nimenomaan meistä kaikista.

Viimeksi kun meillä oli idänkaupan romahtamisesta johtunut lama, pelastajaksi tuli Nokia, jossa vallitsi aluksi hyvä team-spirit ja työntekijöitä innostettiin kehittämään innovaatioitaan. Hetken aikaa Nokia olikin maailman markkinajohtaja.

"Hetken aikaa olimme jo voittajia. Sitten peli alkoi" on hauska sitaatti Jaska Jokusesta…

Tai ehkä ei niinkään hauska.

Sitten tietysti ensimmäinen lätkän MM vuonna 1995 hiveli suomalaista nujerrettua itsetuntoa.

Missä on tämän päivän Nokia yhteiskunnassa, jota pelotellaan päivittäin Venäjän uhalla ?

Maailma elää, joten en heittäisi vielä hohtimia kaivoon, sillä joskus suurimmastakin ahdingosta johtaa tie ylös ja valoon.

Tätä kirjoittaessani kevättalvella 2025 ei sitä valoa vielä Suomessa näy. Ainakaan itse en usko, että aseteollisuus olisi hyvä pelastaja. Tuhoamalla ei maailma pelastu.

Eikä ihmiset varsinkaan.

Oikeastaan vallankumousten perusongelma on siinä, että niissä päätavoitteena on vanhan vallan kaataminen. Jos tilalle on tarjolla vain uusi vallanpitäjä, peruskysymys on, mitä tilalle? Mikä siinä on parempaa?

Vastaukseksi ei riitä, että se vapauttaa vanhasta.

Jos tyrannian tilalle ei ole tarjolla laajempaa kansanvaltaa tai parempaa järjestelmää, siirrytään vain orjuudesta kurjuuteen.

Vapautta johonkin. Mihin?

Kun neoliberalismia ajettiin maailmaan, pidettiin sitä parannuksena byrokraattiseen järjestelmään, joka toimi kankeasti ja tehottomasti.

Se oli helppo myydä ihmisille, jotka kokivat olevansa ilman mahdollisuuksia vaikuttaa järjestelmään, joka kiistämättä oli alistava.

Kun silloin alettiin julistaa ilosanomaa siitä, että verot kevenevät ja esteet sijoitustoiminnalle poistuvat, moni ajatteli, että wau, nyt voidaan elää vapaammin.

Ei enää valtiovallan puuttumista asioihimme.

Toki virkavaltainen ja jäykkä järjestelmä tuotti monenlaisia hankaluuksia kansalaisille. Omalta kohdaltani muistan kun ex-vaimoni sai 10 päiväsakkoa aloittaessaan työnsä 2 viikkoa ennen työluvan tuloa. Hänen piti anoa joka vuosi erikseen työlupaa toimiakseen englannin kielen tuntiopettajana. Lupaa pystyi anomaan vasta kun oli saanut hyväksynnän opettajaksi.

Hidas järjestelmä kuitenkin viivytti prosessia ja hänen tapauksessaan oli päätettävä, odottaako luvan tuloa vai antaako opetusta ennen virallisen luvan tuloa.

Joku virkaintoinen ilmiantoi hänet ja niinpä hänestä tuli rikollinen Eila Kännön valtakaudella.

Tällainen byrokraattinen järjestelmä kaatoi myös kokonaisen sosialistisen järjestelmän, joten ehkä se ei sittenkään ole ideaali hallintatapa.

Meillä Suomessa kuitenkin jostain syytä uskotaan esivaltaan ja sen viisauteen. En nyt katso, että ratkaisu olisi kaataa koko järjestelmä, mutta olisi hyvä muistaa, että valtiovalta on ihmisten palveluksessa eikä päinvastoin.

Ainakin jos elämme demokratiassa kuten meille kerrotaan.

Oma juttunsa on tietysti sitten julkinen media, joka kertoo meille tarinoita todellisuudesta omista näkökulmistaan. Ne eivät aina ole samoja kuin ns. tavallisen kansalaisen elämän todelliset olosuhteet.

Kognitiivinen dissonanssi.

Se todellisuus, jossa elämme muodostuu kaikkien ihmisten elämistä.

On utooppista ajatella, että kaikki voisivat yksinkertaisesti kohdata automaattisesti toisiaan ymmärtäen, mutta edes alkeelliset mahdollisuudet kommunikointiin arvostaen toistemme näkökulmia pitäisi mielestäni olla tavoitteena.

Yksinkertainen ratkaisu pakolaisongelmaan olisi lopettaa ulkopuolelta provosoidut sodat.

Ns. terrorisminvastaisen sodan – tai sotien – vuoksi on kuollut miljoonia siviilejä ympäri maailmaa sytytetyissä tuhoprojekteissa. Sieltä on kotoisin myös globaali pakolaisongelma.

On siinä tietysti saattanut muutama ns. pahiskin mennä, mutta kun yleensä sodan ainoa tavoite on tuhota ja sen lisäksi vielä sodassa haaskataan mielettömästi luonnonvaroja.

Tämän pitäisi olla aika lailla itsestään selvää, mutta niin vain ihan viime aikoinakin jopa rauhaa rakastaviksi itseään väittävät ovat joutuneet sodanlietsonnan uhreiksi.

Todella ikävä ilmiö, joka ei ole tuottanut juuri mitään hyvää.

Sota on aina se huonoin kommunikoinnin muoto.

Myös siinä mielessä, että totuus on sen ensimmäinen uhri.

Siihen on myös usein syynä pelkästään se, että jo Macchiavelli todisti, kuinka sen avulla huono hallitsija voi siirtää kansan huomion sisäisistä ongelmista ulkoisiin.

Tiedon puutteeseen ei voi vedota, jos perustellaan tuhopolitiikkaa.

Ihmisenä kasvamisessa on monia vaiheita. Murrosikä on hyvin ratkaiseva. Se on hyvä käydä läpi, jotta voi oppia tunnistamaan itsensä. Mahdollisuutensa ja rajansa.

Tietynlainen kapinointi kuuluu asiaan ja jos sitä ei pääse käymään, voi elämä traumatisoitua monella tavalla. Siihen ei kuitenkaan ole hyvä jämähtää.

Jämähtäminen on pahaksi muutenkin, sillä ihmisellä on sama elämän voima kuin kaikilla elävillä organismeilla. Toimia optimaalisesti kykyjensä ja rajojensa puitteissa. Murrosikä on rajojen löytämistä varten.

"Ota etsikkoajasta tarkoin sä vaari, niin lahjakas on sulla elämänkaari", sanottiin minun nuoruudessani. Tai siis se luki taulussa koululuokan seinällä .

Ruutia ei tarvitse keksiä uudelleen. No niin, ehkä olisi ollut parempi ettei sitä olisi keksitty ollenkaan, mutta ymmärrätte, mitä tarkoitan.

Koska maailmankaikkeus ei tunne ei-sanaa, vain toiminta ratkaisee. Toiminta voi olla siis rakentavaa tai tuhoavaa. Tuhottavan tilalle pitäisi rakentaa jotain parempaa.

Mitä se voisi olla? Sitä olisi aina hyvä pohtia kun lähdetään repimään jotain hajalle tai taistelemaan jotain vastaan.

Demolition-osastollekin voisi toki löytää käyttöä.

Minusta ainakin Suomen hirvittävän ruman rakennuskannan tilalle voisi rakentaa jotain edes jollain lailla silmää miellyttävää.

Kiinassa, jossa talouskasvu on ollut varsinkin viime vuosina aika lailla hurjaa, säädettiin laki, joka kieltää rumien rakennusten rakentamisen.

Kun katselin heidän omituisia pilvenpiirtäjiään, en yhtään ihmettele. Niissä oli kuitenkin sentään jonkinlaista mielikuvitusta. Meillä harmaat betonihirviöt luovat epäviihtyisyyttä ja jopa graffitit elävöittävät niitä.

No, estetiikka on tietysti makuasia, joten ehkä meillä vain pelätään makuasioista kiistelyä ja tehdään jotain, mikä näyttää rumalta kaikkien kannalta.

Tästäkin voisi keskustella, mutta jos ei ole valmiutta siihen, parempi olla hiljaa.

Maailma elää. Tänä keväänä olemme jälleen uudessa tilanteessa, jossa voimme ehkä omaksua erilaisia ja kohtuullisempia suhtautumistapoja.

Näyttää väistämättömältä, että olemme siirtymässä moninapaiseen maailmaan. Yritykset yhden valtion imperialismiin eivät ole tuoneet kuin turhia sotia ja sekasortoa.

Talouspakotteet ovat kääntyneet meitä vastaan ja niiden kohteet ovat päässeet luomaan vaihtoehtoisen järjestelmän. BRICS-maiden joukko lisääntyy.

Voimme tietenkin käydä taisteluun kehitystä vastaan, mutta tässä on myös mahdollisuus itsenäistyä. Suomelle olisi terveellistä itsenäistyä omaksi toimijaksi eikä piiloutua aina jonkun isonveljen selän taakse.

Itsenäistyminen on tärkeätä myös yksilötasolla.

Vallankumoukset ovat toimineet yleensä niin, että on ollut johtajia, jotka ovat agitoineet joukkoja liikkeelle. Silloin on ollut kyseessä vain vallan vaihto. Ratkaisevaa on kuitenkin, mitä tapahtuu vanhan vallan kaadon jälkeen.

Onko uusi valta parempi ja kokonaisuuden kannalta toimivampi? Myös luonnon ja ihmisten hyvinvoinnin kannalta?

Meillä oli oma vallankumouksemme Neuvostoliiton kaatumisen jälkeen.

Silloin tuloksena oli puolen miljoonan työttömyys sekä kymmenien tuhansien yritysten konkurssit . Julkisen sektorin alasajo. Puhumattakaan monista henkilökohtaisista tragedioista.

Jokainen voi tykönään pohtia, mitä saatiin tilalle.

Nokia? Mitä muuta? Vapaus? Mitä se tarkoittaa ?

"Onko meillä malttia vaurastua?", kyseli Kekkonen aikanaan. Olemmeko kansakuntana kypsiä kulkemaan omaa tietämme vai etsimmekö aina muiden polkuja?

Olemmeko yksilöinä kypsiä etsimään ratkaisuja sen sijaan, että alistuisimme ajopuiksi?

Helpommalta kuulostaa tietysti mennä muiden mukana, mutta tyly totuus on se, että passiivinen ajattelu tuottaa passiivisia tuloksia.

Enemmistön tahto tietysti ratkaisee demokratiassa, mutta tässä maailmassa ihmisten tahtoa muokataan manipuloimalla niin paljon, että on tärkeätä itse ymmärtää, milloin kulkee oikeaan suuntaan ja mitä ihan oikeasti haluaa elämältä.

Muuten muut viitoittavat elämän kulun kokonaan ja itse on kuin lastu laineilla.

Tämän oivaltamiseen voi tosin mennä aikamoinen siivu elämänkaaresta.

Ihmiskunnan historiaa ovat kirjoittaneet aina ne, joilla kulloinkin on ollut valta. Ne, joilla on taloudellinen valta voivat myös hallita sitä, millaisella narratiivilla yhteiskuntaa kuvataan. Yleensä tietenkin pyrkimyksenä on vallan legitimointi ja sitä kautta sen säilyttäminen.

Vallankumoukset taas pyrkivät kumoamaan sen.

Ranskan suuren vallankumouksen ideana oli siirtää valta kansalle ohuelta eliitiltä, joka käytännössä esti tavallista kansaa nousemasta köyhyydestä, joka tuohon aikaan oli aika totaalista.

Vapaus, tasa-arvoisuus ja veljeys kuulostaa tänä päivänäkin edistykselliseltä.

Vapaus lienee eniten tulkintoja saanut asia maailmassa.

Englanninkielessä on kaksi sitä kuvaavaa sanaa "Liberty" ja "Freedom". Voisi sanoa, että on vapautta johonkin ja vapautta jostakin.

Kaiken aikaa tapahtuu suurempia ja pienempiä vallankumouksia.

Kapitalismissa tietenkin ideana on tuotantovälineiden yksityisomistus. Sosialismi taas pyrkii kollektiivisempaan omistukseen, jossa siis myös päätäntävalta on enemmän kansalla kuin omistavalla luokalla.

Näiden aatteiden kamppailu vallasta leimasi viime vuosisadan aatemaailmaa.

Neuvostoliitto oli alunperin yritys saada valta ylimystöltä kansalaisille. Vähän Ranskan vallankumouksen tyyliin. Venäjällä se toteutuikin aluksi, koska yläluokka oli monin tavoin rappeutunut ja kansa aidosti halusi muutosta.

Vallan säilyttämisestä tuli kuitenkin kulmakivi, sillä toisaalta sitä uhkasivat sisäiset vastavoimat ja toisaalta myös vallan kaapanneiden osittainen neuvottomuus uudessa tilanteessa.

Ei ole aivan yksinkertaista raivata tietä uudelle ajattelulle.

Tämä näkyy siinäkin, miten nykypolville tarjotaan tästä sata vuotta vanhasta tapahtumasta narratiivi, joka esitetään esimerkkinä hirmuvallasta ja kaikelta osin varoittavana esimerkkinä vapauden menettämisestä.

"Meillä sentään on vapaus..." valita annetuista vaihtoehdoista...

Vaikka Neuvostoliitosta tulikin aikojen kuluessa savijaloilla seisova jättiläinen ja vaikka Ranskan vallankumous toikin giljotiinin ja lopulta Napoleonin, oli niiden lähtökohtana kuitenkin ihmisen vapauttaminen orjuudesta, epätasa-arvosta ja riistosta.

Ihmisen ja ihmisarvon puolesta on taisteltu viime vuosisadat. Vaihtelevalla menestyksellä.

Joitain edistysaskeleita on toki otettu ja nykyisin ihmisoikeuksista puhuminen onkin jo usein myös konkretiaa niin, että se ei ole pelkkää hienojen korulauseiden toistoa.

Silti orjuus on vielä todellisuutta maailmassa ja vapaus pelkkä unelma monelle.

Työväenluokka ja omistajaluokka olivat 1900-luvulla tukkanuottasilla tuon tuostakin, mutta meillä Skandinaviassa päästiin melko pitkälle tulonjaon oikeudenmukaistamisessa.

Ammattiliitot ja työnantajat kävivät vuosittain neuvotteluja palkoista ja työoloista.

Tietenkin näin tapahtuu vieläkin, mutta työväenpuolueet ovat menettäneet asemansa tai tulkinnasta riippuen kadonneet kokonaan vallan kentiltä.

Ei se ole sattumaa vaan liittyy Chilen vallankaappauksesta lähtien toteutettuun neoliberalistiseen vallankumoukseen.

Vapaudesta siinäkin puhuttiin. Lähinnä rahan vapaudesta.

Ronald Reagan ja Margaret Thatcher antoivat sille kasvot ja lanseerasivat sen eräänlaisena kansankapitalismina, jossa kaikilla on mahdollisuus rikastua. Vallitsevat rakenteet haluttiin purkaa vapaan sijoitustoiminnan tieltä.

Kyseessä oli tietenkin yritys purkaa tai ainakin heikentää toisaalta sääntelyä ja toisaalta luoda perusta pääoman vapaalle liikkumiselle .

Varsinkin Britanniassa kansa oli kyllästynyt siihen, että ammattiliittojen järjestämät lakot alkoivat olla haitta yhteiskunnan normaalille elämälle.

Tähän tilanteeseen uusi "liberaali" järjestelmä saatiin markkinoitua parannuksena.

 Niinpä se toimikin johtavana ideologiana vuoden 2008 finanssikriisiin asti. Vasta sen jälkeen sille on alkanut tulvia kritiikkiä, koska se on monella tasolla tuottanut juuri ne ongelmat, joiden kanssa nykyisin joudumme elämään.

Koska kyse on pelkästään taloudellisista arvoista, neoliberalismi ei ole kyennyt ratkaisemaan sen enempää ilmasto-ongelmia kuin yhteiskunnallisia tasa-arvon puutteita.

Kaiken perustana on vain ollut sijoitustoiminta, jossa voitot lopulta valuvat harvoille.

144

Aivan kuten feodaaliajalla, jolloin pieni eliitti eli yltäkylläisyydessä kansan kärsiessä .

Kovat taloudelliset arvot vielä lisäksi ovat tehneet yhteiskunnasta basaarin, jossa ihmiset on alennettu passiivisiksi kuluttajiksi vailla todellista valtaa elämänsä hallintaan muuten kuin valitsemalla myytävänä olevista tuotteista.

Järjestelmän lähtökohtana on ollut myös se, että ihmisistä on tehty näennäisesti itsenäisiä, mutta vailla todellista valtaa. Ylin prosentti päättää periaatteessa kaikesta .

Jos valistuksen ajalla puhuttiin ihmisten oikeudesta toteuttaa ajatuksiaan ja elämästä ilman orjuutta, neoliberalismissa kaikki on valjastettu kaupallisuuden palvelukseen.

Meillä se alkoi näkyä oikeistovallan alettua heti Neuvostoliiton kaatumisen jälkeen. Ihan samaa shokkiterapiaa ei meillä ollut kuin Venäjällä, jossa syntyi oligarkkien hallinto pistämään rahoiksi kansallisomaisuus, joka ei ollut aivan pieni Neuvostoliiton jäljiltä. Vladimir Putinin demonisointikampanja perustuu paljolti siihen, että hän laittoi maassaan oligarkit kuriin.

Meillä markkinoitiin "hallittuna rakennemuutoksena" sitä, että valtion yrityksiä myöten kaikki toiminta haluttiin antaa markkinavoimien haltuun.

Tietenkin vallankäytön perusluonteeseen kuuluen tämä projekti myytiin kansalaisille ns. ainoana vaihtoehtona.

Mielenkiintoista oli, että vaikka tämä olikin oikeistolainen hanke, sitä ajoivat myös puoluekentällä vasemmistolaiset puolueet. Britanniassa Työväenpuolueen Tony Blair markkinoi työväestölle neoliberalismin.

Sanna Marin loikkasi hänen oppilaakseen pääministerin paikalta. Tämä oli minulle todella suuri pettymys.

Suomen lamaa vähän helpotti Nokia, joka oli todella suuri menestystarina.

Vähän aikaa se oli maailman huipulla, sillä yhtiön sisäinen team spirit mahdollisti ajan henkeen sopivien innovaatioiden kehittämisen.

Tilanne muuttui kun johtoon tulivat hallintoammattilaiset.

Neoliberalismi on mahdollistanut maailman muuttumisen feodalismin suuntaan niin, että toisaalla ovat käsittämättömiä omaisuuksiaan kaiken aikaa kartuttavat oligarkit (tai miljardöörit riippuen ilmaisutavasta) ja toisaalla köyhien enemmistö, joka voi olla jopa niin köyhä, että omistaa vain velkaa.

Tässä tietysti täytyy taas huomauttaa, että minä tarkastelen asioita ihmisten enemmistön kannalta. En ole päässyt osalliseksi niistä satumaisista sijoitusvoitoista, jotka ovat nostaneet monia muiden yläpuolelle mitä tulee omaisuuteen.

Ehkä kuvaavaa on kun suomalainen ministeri näyttää toimittajalle, miten helposti tehdään sijoitusvoittoja huomaamatta itsekään, mikä ristiriita sisältyy koko asiaan.

Sijoitusvoitot eivät ole enää sidottuja tuotteiden laatuun vaan usein odotusarvoon tai pelkkään sattumaan.

Mielikuvat hallitsevat ihmisiä. Ehkä tämä on se suurin muutos, mikä on tapahtunut 2000-luvulle tultaessa.

Ilmiö on monella tavalla ikävä.

Kun kaikki mitataan rahassa, ei muita arvoja ole.

On kuin kaikki olisi jauhettu jauhelihaksi ja ainoa tavoite elämässä olisi mahdollisimman suuren omaisuuden kartuttaminen mahdollisimman pienellä vaivalla.

Ylimmälle oligarkkiluokalle ei rahakaan enää merkitse muuta kuin numeroita. He eivät pysty enää edes kuvittelemaan alimman luokan elämää. Eivät tietenkään haluakaan, koska eivät halua pudota piiruakaan siihen suuntaan.

Alimman luokan elämää hallitsee huoli toimeentulosta. Tämä on tietysti ihmisenä olemisen kannalta luonnollisempaa, mutta ei millään lailla puolustettavissa. Sen enempää yhteiskunnallisesti kuin eettisestikään.

Maapallo kestää kohtuullisen kulutuksen, mutta ei pohjatonta ahneutta.

Olemme siis aika kaukana siitä, mistä valistuksen ajalla haaveiltiin, vaikka taloudellisesti ja materiaalisesti paremmalla ja oikeudenmukaisemmalla politiikalla siihen voisimmekin päästä. Ainakin lähemmäs.

Ihmisyys, sellaisena kuin sen, näen on kutistunut materialistiseksi kulutustavaraksi. Tätä eivät varmasti valistuksen ajan kirjailijat halunneet.

Yhteiskunnallisesta asemasta riippumatta tuemme epätasa-arvoa siinäkin, että noudatamme ajatusta kulujen minimoinnista. Kun maksamme vähemmän uskomme hyötyvämme, mutta aina joku kustantaa ilmaisetkin lounaat. Ja niitä ei juuri tarjoilla nykyisin.

Olen nykyisin jättänyt valtamedian seuraamisen. Skandaalimedian seuraamisen jätin jo aikoja sitten. Sama narratiivi kaikissa medioissa. Toimittajista on tehty sisällöntuottajia ja ohjelmista mainosten väliin sijoitettuja täytteitä.

Pelkän taloudellisen hyödyn tavoitteleminen on köyhdyttänyt rikkaitakin. Tämä on surullista, sillä elämässä on monia arvoja, jotka rahan ylivallan alla joutuvat mitätöidyksi. Ne olisi hyvä löytää uudelleen.

9. Negatiivinen ajattelu

"Kun joudut ääliön kanssa riitaan, huolehdi siitä, että riitaa sivusta seuraavalle puolueettomalle tarkkailijalle ei jää epäilystä, kumpi on ääliö"

Tuntematon ajattelija

Aivan hiljattain kuulin luonnehdinnan, että ihminen on kuin monimutkaisella mielenrakenteella varustettu huonekasvi, joka kaipaa ravintoa ja vettä elääkseen. Se kuulosti aika osuvalta, sillä luontoon kuuluvana meillä on tarpeita, jotka laiminlyötyinä kostautuvat ennen pitkää.

Äitini jo totesi, että on huomattavasti helpompaa lisätä toisen ihmisen taakkaa kuin keventää sitä.

Miksi sitten emme ymmärrä, että jokainen ketju on juuri niin vahva kuin sen heikoin lenkki?

Miksi lähdemme helpommin sotaan kuin rakennamme parempaa maailmaa tai edes yhteisöä.

Tämä on minullekin mysteeri, johon en löydä yksiselitteistä vastausta.

Vastuunkantaminen ei ole yhtä seksikästä kuin vallan käyttö.

Jouduin/pääsin talotoimikuntaan kun harvalukuisesta joukosta yksi ja toinen kieltäytyi. Tässä kuitenkin on myös kysymys vallankäytöstä, mutta enemmän siitä, että toimikunta voi parantaa asumisviihtyisyyttä ja kuunnella asukkaiden toiveita. Enemmän siis vastuusta.

Jotenkin tuntuu, että alistuneisuus on ihmiskunnan historiassa saanut aikaan sen, että useimmilla on tunne ettei voi vaikuttaa oikeasti asioihin. Edes niihin, jotka konkreettisesti koskevat omaa elämää

Elämme kuitenkin ainakin muodollisesti demokratiassa, jonka ideana on kansanvalta. Jos olemme antaneet mandaatin despooteille ja meitä alistaville, on se myös meidän omalla vastuullamme. En kuitenkaan lähtisi syyllistämään jo valmiiksi syyllistettyjä, sillä olemmehan nähneet, että suurvaltojen demokratiassakin vaihtoehdot ovat vähäiset.

Onko se oikeaa demokratiaa, jos täytyy valita ruton ja koleran välillä?

Ihmiskunnan historia on hallitsijoiden kirjoittamaa. Harvoin nousee esiin siivooja Siiri Niemisen näkökulma. Paitsi tietysti hienossa 60-luvun työväenlaulussa.

Jako osallisiin ja osattomiin on demokratiassakin olemassa.

Ja kuitenkin vasta yhteinen osallistuminen palvelee koko kansaa eikä vain ohutta yläluokkaa.

Meitä hallitaan sanoilla, mielikuvilla ja häpeällä.

Julmin kuitenkin vaatimus siitä, että jos et ole puolellamme, olet meitä vastaan. Häpeän tuottaminen ja syyllistäminen estävät terveen yhteiskunnan synnyn.

Gaslighting, jolle on vaikeata keksiä suomalaista käännöstä, on eräs kaikkein vakavimmista ihmisoikeusrikkomuksista vallankäytön alalla. Nimitys tulee samannimisestä elokuvasta vuodelta 1938, jossa aviomies yritti saada vaimonsa tuntemaan itsensä mielenvikaiseksi järjestämällä tapauksia, joissa hän kytki ja poisti päältä kaasuvalon syyttäen vaimoaan siitä. Vähitellen vaimo alkoi epäillä omaa mielenterveyttään, koska eihän hän ollut tehnyt mitään – eikä myöskään osannut aavistaa hyväuskoisena miehensä toimivan häntä vastaan.

Tällaista tapahtuu kaiken aikaa. Ja sitten tietenkin myös tapahtuu niin, että monenlaiset salaliittoteoriat saavat ihmiset sekoamaan.

Jos ihminen normaalisti pyrkii muiden luonnonkappaleiden tapaan kohti valoa ja ravintoa, voi hän harhaan jouduttuaan ruveta sen sijaan tuhoamaan itseään ja ympäristöään.

Oma lukunsa ovat tietysti psykopaatit ja sadistit, jotka nauttivat tuottaessaan tuskaa muille, mutta kyllä muutkin voivat toimia tuhoisasti – tai itsetuhoisesti.

Tarvitaan vain ulkopuolinen vaikuttaja – trendsetteri tai influensseri, joka osaa temput.

Kuinka paljon ajatuksistamme on todella omiamme?

Jos persoonallisuutemme alkaa kehittymään jo jossain viisvuotiaan iällä, alkaa silloin myös tapamme reagoida maailmaan muotoutua silloin ja se, mitä näemme ja koemme muotoutuu sen mukaan.

Sen vuoksi on hyväksi, ettei liikaa jumitu mietteissään.

Maailma on aika kompleksinen paikka, mutta tietynlaiset lainalaisuudet toimivat.

Meillä on käytössämme kaikki se tieto, minkä ihmiskunta on koonnut koko historiansa aikana. Miksemme siis käyttäisi sitä yhteiseksi eduksemme?

Googlessa se on napinpainalluksen takana. Kunhan ensin kahlaamme läpi mainosten ja disinformaation.

Onhan se haasteellistakin, mutta myös palkitsevaa, jos osaamme esittää oikeita kysymyksiä ja näppäillä oikeita hakusanoja.

Kuitenkin elämme historiallisesti ennennäkemättömien mahdollisuuksien aikaa. Olisi aika hölmöä olla käyttämättä tilaisuutta hyväksemme.

Olemme viime aikoinakin joutuneet todistamaan tapahtumia, jotka saavat ajattelemaan Hannah Arendtin luomaa käsitettä Pahuuden Arkipäiväistäminen.

Kun ajattelemme Hitlerin Saksaa ja sen luomia kauheuksia, henkilöimme pahuuden häneen, mutta se ei ole koko totuus vaikka valta hänet sairastuttikin.

Taustalla oli Ensimmäisen Maailmansodan päätteeksi Saksalle luodut armottomat rauhanehdot. En osaa sanoa, olisiko natsisaksa ollut mahdollinen ilman niitä, mutta nöyryytetylle maalle oli yksinkertaista alkaa luoda loisteliasta tulevaisuudenkuvaa natsismista, joka perustui Saksan kansan erinomaisuuteen ja juutalaisten pankkiirien pahuuteen. Tältä pohjalta kansa saatiin uskomaan, että on oikein nujertaa juutalaisten (ja muiden poikkeavien) elämä, jotta saksalainen herrakansa voisi hallita. Myöhemmin sitten elintilaa alettiin haluta muualtakin, sillä valta turmelee...ja niin edelleen.

Meille ei ole kovin paljon kerrottu sitä puolta, että tavalliset saksalaiset pitivät isänmaallisena velvollisuutenaan hoitaa uuneja keskitysleireillä tunnollisesti . Ja vielä kirjata kaikki...

Kuulostaako julmalta?

Sitä se oli.

Kun ihmisiä riittävän pitkään opetetaan vihaamaan jotain, he alkavat saada tyydytystä siitä, että voivat siirtää kaikki omat demoninsa ylhäältä annettuihin kohteisiin.

Tietenkin jokainen haluaa päästä eroon pahasta.

Ainakin lähes jokainen. Ja toisinajattelijat tietysti vaiennetaan tavalla tai toisella. Näin toimii ehdoton valta.

Eräänlainen deja vu ilmiö tuli kun meilläkin eduskunnan puhemies kannusti tappamaan mahdollisimman paljon venäläisiä ja kaikenlainen vähänkin positiivinen tai neutraali kirjoittaminen Venäjästä estettiin.

Ei tästäkään kansaa pidä syyttää. Tai edes näitä käännytettyjä. Pitäisi mennä ilmiön juurille.

Stanley Milgram tutki joskus 1960-luvulla ihmisten tottelevaisuutta ja tulokset olivat jokseenkin järkyttäviä.

Kokeeseen osallistujat olivat valmiita aiheuttamaan hengenvaarallisia sähköiskuja, jos oppimiskokeeseen osallistuneet eivät vastanneet oikein.

Kysymys oli onneksi vain kokeesta. Näille valtaa käyttäville selitettiin, että oli tärkeätä toimia ohjeiden mukaan ja että kokeenjohtajaa piti totella.

Miten pitkälle olemme valmiita menemään tottelemisessa?

Ottamatta kantaa sen enempää Ukrainan tilanteeseen, herää kysymys, miten pitkälle meillä ollaan menty Venäjän ja venäläisten dehumanisoinnissa?

Ja mitä hyvää seuraisi naapurimaamme hajottamisesta? Entäpä jos tilalle tulisi sisällissodan repimä epävaltio tai kuten on käynyt monissa viime aikojen sodissa Afrikassa ja Lähi-Idässä?

Tätä meille ei ole kerrottu, koska nyt kun tämä USAID ym. järjestelmät ovat vasta nyt paljastumassa ja me olemme olleet mukana mielestämme taistelemassa pahuutta ja terrorismia vastaan.

Koko todellisuus alkaa paljastua vasta nyt.

En tietenkään voi mitenkään hyväksyä tai puolustaa Venäjän hyökkäystä naapurimaahansa, mutta en myöskään sitä yltiöpäistä projektia, jolla rahoja säästämättä olemme olleet ylläpitämässä sotatilaa, joka on tuhonnut monta nuorta elämää Ukrainassa ja Venäjällä.

Ensimmäistä kertaa jouduin tutustumaan läheisesti ja konkreettisesti ihmisten hirviömäisiin tekoihin Jugoslavian sodassa, jossa tuhottiin entinen kuuden osavaltion liitto, joka ylpeili puolueettomuudellaan ja työläisten yhteishallinnolla.

Tarvittiin vain sysäys, jolla vanhat kaunat saatiin käyttövoimaksi veriselle sisällissodalle.

Sodat on helppoa sytyttää, mutta joskus lähes mahdotonta sammuttaa.

Toiseen maailmansodan jälkeen toivottiin, että ei enää...mutta eipä aikaakaan kun sotaliput liehuivat taas.

Paljonko näillä sodilla on saatu hyvää aikaan?

Tuskin mitään ellei aseteollisuuden nousua lasketa.

Niin kauan kuin ihmisille luodaan pahuuden henkilöitymiä, joihin voi luvan kanssa purkaa negatiivisia tuntojaan, sodat voivat tuhota lähes minkä maan ja alueen tahansa.

Saddam, Osama, Gaddafi (mikä oli hänen syntinsä?), palestiinalaisjohtajat...

Nyt sitten Putin ja Trump, jotka vihdoin viimein ovat yrittämässä sulkea Ukrainan ihmislihamyllyn...

Tässäkin ollaan helposti jälleen etsimässä syyllisiä ristiinnaulittavaksi, mutta ennen kuin ilmiö tunnistetaan, se vain jatkuu eri paikoissa.

Ilmiö on nimeltään negatiivinen ajattelu.

Jokainen siihen syyllistyy tavalla tai toisella ja se voi johtua vaikka verensokerin alhaisuudesta, mutta se saa ajatukset kulkemaan tuhoavaan suuntaan. Toisilla enemmän , toisilla vähemmän. Kysymys on oikeastaan varmasti myös ihan aivokemiasta. Kuitenkin ihmisessä on mahdollisuus myös itsetuhoisuuteen.

Pitäisin varsinkin nuorten ihmisten itsemurhia hälyttävinä merkkeinä yhteiskunnan pahoinvoinnista, johon pitäisi etsiä pikaisesti parannuskeinoja.

Mitä hyödyttää, että osa kansasta elää materiaalisessa yltäkylläisyydessä, jos suuri osa joutuu päivittäin kokemaan osattomuutta? Ihmisten näköalattomuus ja tunne siitä, että ei voi vaikuttaa elämäänsä on eräs eriarvoisuuteen perustuvan järjestelmän tuhoisimpia puolia.

Pitäisi löytää tapoja toimia yhteiskunnan kehittämiseksi kaikille sen jäsenille. Ei vain sijoittajille ja etuoikeutetuille.

Miten tämä sitten onnistuu?

Varmasti keinoja löytyy kun löytyy yhteisymmärrys siitä, mikä on yhteiskunnan funktio.

Se on varmasti paljon enemmän kuin ostoksilla käynti.

Valistuksen ajan kirjailijat haaveilivat, että sivistyksen levitessä ihmisillä olisi tilaisuus keskittyä raskaan orjatyön sijaan elämän korkeampiin muotoihin.

Jonkun mielestä se toteutuu kun voi tilata roskaruokaa kotiin kuljetettuna tai ostaa makkarapaketin lailla kokonaisen elämänfilosofian, mutta vasta vapaana ihminen voi olla myös vapaa olemaan ihminen ilman, että täytyy murjoa muut maan rakoon.

Ne pahikset kun eivät tuhoamalla lopu.

Kun me itse kukin tykönämme mietimme, mikä voisi olla vaihtoehto nykymenolle, voimme löytää paljonkin sellaista, joka olisi toteuttamiskelpoista.

Kunhan samalla myös opimme kommunikoimaan arvostavasti lajikumppaniemme kanssa.

Yksinkertaisinta se olisi vaikka somealustoilla. Niistäkin on tehty monella lailla myrkyllisen vihapuheen levityspaikkoja, mutta sekin on muutettavissa.

Viime aikoina on tullut paljonkin uusia näkymiä avaavia kirjoja ja somekanavia.

Minulle ensimmäinen oli Rutger Bregmanin "Hyvän Historia", joka avaa uudesta näkökulmasta ihmisten toimintaa. Sen mukaan oikeasti emme ole itsekkäitä ja ahneita vaan sosiaalisia olentoja, jotka oikeissa olosuhteissa etsivät enemmän yhteyttä toisiinsa. Se vain on hankalaa talousjärjestelmässä, joka keskinäistä kilpailua ylistäessään eristää meidät toisistamme.

Eriarvoisuuden historiaa taas on tutkinut ranskalainen Thomas Piketty, joka on julkaissut kapitalismin kritiikkiä kahdessa tiiliskiven kokoisessa kirjassa, mutta Brief History of Equality on vähän ohuempi. Suosittelen.

Nyt kun sekä USA että Venäjä noudattavat samaa talousjärjestelmää, on mielenkiintoista, miten USA:ssa sosialisti Bernie Sanders on saanut suurta kannatusta yhteiskunnallisilla kannanotoillaan. Hänen vanavedessään seuraa Richard Wolff, jonka saarnaava tyyli voi vieraannuttaa, mutta asiaa löytyy ja historian tiedot ovat hallussa.

Vaihtoehtoja siis on ja maailma elää. Muutokset voivat olla suuriakin, jos maailma pääsee kehittymään ilman sytytettyjä sotia ja vastakkainasetteluja.

Yksittäiselle ihmiselle kuitenkin tärkeintä olisi kohtuullisen oikeudenmukainen yhteiskunta, joka tarjoaisi ihmisarvoista työtä ja toimeentuloa.

Eläminen pelon, epätoivon, näköalattomuuden ja epäoikeudenmukaisuuden maailmassa ei voi olla parasta, mihin ihmiskunta pystyy. Kaikki voi alkaa vaikka siitä, että uskomme, että asioita voi muuttaa.

10. Zen arkisessa elämässä

"Ainoa Zen, jonka löydät vuorenhuipulta
on Zen, jonka itse viet sinne"

Robert M. Pirsig

Zen guru

Sanallisesti Zeniä voisi parhaiten kuvata niin, että sitä ei voi kuvailla sanallisesti.

Tämä alun perin Kiinasta Japanin kautta länsimaiseen ajatteluun tullut ilmiö perustuu egon vallan rajoittamiseen ja hetkessä elämiseen.

Vibrating with the Universe.

Sellaisena se on siis eräällä lailla vastakohta länsimaiselle egokeskeiselle ajattelulle.

Kuin rakkaus, senkin voi vain kokea.

Kun mieli on vapaa haluamisen kahleista, on mahdollista saavuttaa flow-tila, jossa kaikki toiminta tapahtuu luonnollisesti ja myös vailla paineita, joita ego meille luo.

On monenlaisia tapoja harjoittaa Zeniä, joka ei ole siis uskonto vaan oikeastaan elämäntapa. Kunhan siis saavuttaa tilan, jossa voi kokea kokonaisvaltaisesti läsnäolon ja jakaa olemassaolonsa – periaatteessa koko Universumin kanssa.

Kuulostaako helpolta?

No, voihan se ollakin, mutta hektisessä nykymaailmassa se ei käytännössä ole aina helppoa. Kannamme sisällämme niin paljon raskasta ja hajottavaa painolastia, että jo meditaatio vaatii ainakin aloittelijalta aikamoista asenteenmuutosta.

Zen ei ole mitään ja se on kaikki.

Jos haluaa päästä jotenkin jyvälle asiasta, kannattaa tutustua vaikkapa Eckart Tollen luentoihin aluksi.

Arkipäivän Zen on tapa säilyttää mielentyyneys vaikeissakin elämäntilanteissa.

Se on kulkemista myrskyn keskellä tyynellä mielellä.

Tämä tarkoittaa tietysti myös yksinäisyyden kohtaamista, mutta myös yhteyden kokemista . Jakamista ja luonnollisen elämän löytämistä. Ahdistuksen helpottumista ja elämän perusihmeen kokemista.

Zeniä on mystifioitu, koska sitä ei siis tosiaan voi sanoilla selittää.

Materialistinen maailmankatsomus ei ymmärrä asioita, joita ei voi materialisoida ja miten voi kuvata asiaa, joka vain on?

Arjessa Zen ajattelu voi toimia niin, että pyrimme pitämään mielemme ehjänä kaikissa tilanteissa ja olemme ikään kuin osa maailmankaikkeuden sykettä.

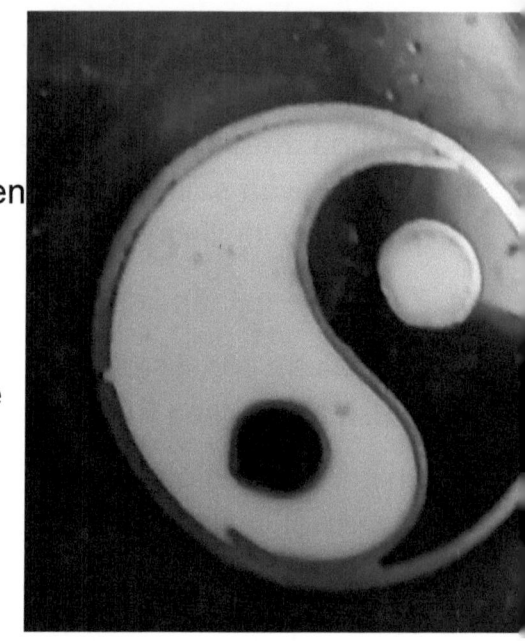

Näkijänä, kokijana ja tekijänä, mutta ilman hötkyilyä.

Hötkyily voi lisätä levottomuuttamme, mutta ei välttämättä toimintamme tehokkuutta.

Tätä on vaikeata havaita, jos on kiinni ulkoisissa arvomaailmoissa.

Ego ohjaa meidät niin kovin helposti harhapoluille.

11. Kohtaanto-ongelmat

*"Suurin osa ihmisistä ei tiedä,**mitä maailmassa oikeasti tapahtuu.** **Eivätkä he edes tiedä, etteivät tiedä"***

Noam Chomsky.
Amerikkalainen kielitieteilijä, sosiologi

USAID, Neocon, Deep State...

Sanoja, jotka tänä keväänä ovat tulleet kuvaamaan muutosta, joka on meneillään Yhdysvalloissa.

Maailma elää ja tätä kirjoittaessani en vielä osaa hahmottaa tarkkaan, mihin suuntaan olemme menossa. Toivottavasti kuitenkin jollain lailla vähemmän tuhoavaan kuin tähän asti.

Lähdin vapaaehtoissovittelijaksi muutama vuosi sitten ystävän innostuksesta ja olen löytänyt tästä merkityksellisen tavan tehdä jotain hyödyllistä eläkkeellä ollessani.

Hienoja hetkiä ovat ne kun toisistaan eksyneet ihmiset löytävät samalle sivulle ja kykenevät sopimaan vaikeatkin erimielisyytensä.

Sovittelija on siinä parhaimmillaan lähes näkymätön, sillä asianosaiset ratkaisevat asioita keskenään.

Joskus ajattelin, että kun mikään muu ei auta, voi ryhtyä niin ikäväksi persoonaksi, että asianosaiset kääntyvät minua vastaan, niin, että löytävät yhteisiä puolia toisistaan.

Toistaiseksi ei ole tarvinnut kaivaa tätä ässää esiin.

Monella lailla voimme eksyä toisistamme.

Varsinkin parisuhteessa tämä tuottaa usein konflikteja, joissa kohtaamistilaa ei löydy ja välirikko on väistämätön. Pahimmillaan vielä väkivallan kautta.

Puuttuu positiivisia malleja kohtaamiseen.

Seksi voi olla liima, joka sitoo kaksi hyvinkin erilaista persoonaa ensin yhteen, mutta persoonallisuuksien erilaisuudet tulevat ennen pitkää esiin ja oikeastaan vasta silloin voi tutustuminen kokonaiseen ihmiseen alkaa.

Mielikuvat eivät kanna pitkälle vaan todellinen koetinkivi on toisen ihmisen kohtaaminen keskeneräisenä.

Mitkä asiat ovat tärkeitä toiselle ja mitkä itselle?

Olen miettinyt tätä viiden e-asian kautta.

Estetiikka, etiikka ja erotiikka. Kun näistä asioista on jollain lailla yhteneväinen käsitys, voi suhde alkaa kehittyä. Sitten tulee ekonomia eli taloudenhoito. Siinä sitten onkin mahdollista kompastua. Jos toinen on tottunut tuhlaamaan ja toinen säästämään, tulee ainakin tarpeelliseksi tasapainottaa elämän perusasioita niin, että riitelystä ei tule jokapäiväistä.

Sitten vielä empatia. Myötäelämiseen taito. Se täytyy syttyä luonnostaan.

Ei parisuhde hedonistisella ajallakaan mahdoton ole, mutta...haasteellinen, jos molemmat etsivät (vain) omaa onneaan.

Oman itsensä löytäminen on kuitenkin tärkeätä, jotta toiseen ei kohdistuisi liian suuria odotuksia ja vaatimuksia.

Itävaltalainen psykoterapeutti Erich Fromm kuvaa nykyaikaista parisuhdemallia termilla egotisme a deux- kaksoisegoismi. Kyllä sekin voi tietysti toimia. On monenlaisia suhdekoukeroita ja ne voivat toimia tai olla toimimatta. Tangoon kuitenkin tarvitaan kaksi.

Sama koskee laajempiakin kohtaamistiloja.

Luolamiesajalla kaikki luolan ulkopuolella saattoi muodostaa uhan, joten aina piti olla varuillaan. Tämä perusasenne ei ole kadonnut ihmisistä mihinkään. Sama pelon ja uteliaisuuden tila täytyy ratkaista vieläkin. Maailma on kuitenkin nykyisin huomattavasti monisyisempi, joten haasteita riittää samalle aivokapasiteetille, jolla luolamies selviytyi mammuttien ja dinosaurusten maailmassa.

Ylilyöntejä siis tapahtuu.

Jos perusreaktiot haasteisiin ovat taistella, paeta tai leikkiä kuollutta niin niiden lisäksi tulee vielä mahdollisuus ymmärtää.

Ymmärtää, mitä tapahtuu.

Reaktiomme kehittyvät elämämme aikana, mutta peruspersoonallisuutemme alkaa olla melko selkeä jo muutaman vuoden ikäisenä. Silloin reaktiomme asioihin alkavat vakiintua ja mielenkiintoisesti samankin perheen sisällä voi kasvaa hyvinkin erilaisia persoonia.

Silloin voisi ajatella, että suurperheessä kasvaminen opettaa tulemaan toimeen erilaisten ihmisten kanssa. Ainoana lapsena taas voi olla haasteellista oppia jakamaan.

Ihan näin yksinkertaisesti se ei kuitenkaan mene, mutta noin karkeasti ottaen meistä kehittyy introvertteja, ekstrovertteja tai ambivertteja.

Tämäkään jako ei ole täysin jyrkkä ja monesti käyttäydymme eri tavalla eri kohtaamistiloissa.

Koulun ja työelämän kautta omaksumme rooleja, jotka sitten määrittelevät toimintamme. Joskus jopa ristiriitaiseksi oman todellisen persoonamme kanssa.

Syntyy konflikteja, jotka taas aiheuttavat kohtaanto-ongelmia.

Ihminen on monisyinen olento, joten väistämätöntä on ettei kanssakäyminen erilaisten monisyisten olentojen kanssa voikaan sujua ongelmitta.

Kun puuttuu kyky kohdata ja asenteet ovat tiukassa ei ole muuta mahdollisuutta kuin konflikti. Äärimmillään sota. Kun siihen joudutaan, ei enää ole paluuta. Silloin kaikki inhimillisyys karsitaan ja tavoitteeksi tulee vastapuolen tuhoaminen.

Tämä on ollut ihmiskunnan vitsauksena Kainin ja Abelin ajoista lähtien – ja kaikesta sivistyksestä huolimatta tänäkin päivänä maailman todellisuutta.

Kun riittävästi provosoidaan, saadaan veli veljeä vastaan. Ja kun sille tielle lähdetään, ei järkipuhe enää tehoa.

On ollut aika lailla järkyttävää tajuta, miten paljon näillä edellämainituilla yhteisöillä on ollut vaikutusta maailman sotapesäkkeiden syntyyn. Ja miten heppoisilla perusteilla on ihmisiä tapettu sodissa ja väkivaltaisissa vallanvaihdoissa ympäri maailmaa.

Onko mahdollista kääntää historian kulkua kohti parempaa yhteistyötä tuhoamisen sijaan?

Saa nähdä, mutta jo se, että näistä asioista puhutaan, on rohkaisevaa.

Kaikki maailman ihmiset ovat kuitenkin yhdessä vastuussa tästä planeetastamme.

Riippumatta sijoitusvoittojen määrästä olemme yhtä lailla haavoittuvia jos vahingoitamme elinympäristöämme ja toisiamme. Ydinpommi ei valitse kohteitaan.

Olen viime aikoina huomannut, että edes ydinaseet eivät pelota kun ihmiset joutuvat vihan valtaan. Se on todella pelottavaa.

Pelko on toisaalta abstrakti käsite, jota voidaan provosoida kun löydetään sille kohde. Omien demonien siirtäminen toisiin on kätevä tapa saada ihmiset unohtamaan kaikki inhimilliset tunteet.

Kokea tällaista 2000-luvun kolmannella vuosikymmenellä tuntuu osin käsittämättömältä. Varsinkin sen totaalisuus. Onko mitään opittu ?

"Jos et ole puolellamme, olet meitä vastaan" on eräs julmimmista hallitsemishokemista. Toinen on tietysti "Oikeutettu kosto", jolla meitä myös provosoidaan.

Kun käydään sotaa, syntyy aina joka päivä kostettavaa ja kierre ei lopu koskaan.

Jugoslavian hajoitussota oli esimerkki siitä, miten satojen vuosien takaa haettu peruste revanssille synnytti käsittämättömän väkivallan kierteen.

Tietenkin molemmilla puolilla myös uskotaan oman jumalan siunaavan omat aseet ja kiroavan vastustajan.

Ja ihmisen pitäisi olla älykäs laji.

Toisen ihmisen kohtaaminen on kuitenkin ihan arkisellakin tasolla haaste, jos ajattelua leimaa epäluuloisuus ja ennakkoluulot.

Ensimmäinen taso olisi ymmärtäminen. Tai halu ymmärtää. Jos sellainen löytyy, voi kohdata toisen vaikka ei olisikaan samaa mieltä. Voi kuitenkin ymmärtää, miksi toinen on toista mieltä, sillä kaikki me tulemme omista taustoistamme.

Sen jälkeen sitten hyväksymme tai emme hyväksy toista. Sekin on aika lailla henkilökohtainen ja tunteisiin perustuva reaktio, mutta ei välttämättä edellytä toisen mitätöintiä tai halveksintaa. Yleensä kuitenkin tuomitsemme asioita, joita emme ymmärrä. Silloin konfliktin ainekset ovat jo olemassa.

Hyväksymisen jälkeen tulee arvostus. Arvostamme asioita, jotka ovat synkronissa omien ajatustemme kanssa.

Somekeskustelujen rajoituksena on, että keskustelemme pääasiassa samanmielisten kanssa ja aniharvoin päädymme hedelmälliseen ajatustenvaihtoon niiden kanssa, joilla on erilainen näkökulma. Tämä voisi kuitenkin monella tavalla rikastaa elämäämme.

On surullista, että tällä avoimella keskustelufoorumilla päädytään loanheittokisoihin, joista tuloksena on vain lokaa.
Toisaalta siihen vaikuttavat myös usein provokaattorit, jotka haluavatkin ihmisten vain riitelevän lillukanvarsista sen sijaan, että päästäisiin asioiden ytimiin.

Jotenkin minulle on muodostunut käsitys, että somekeskusteluja sabotoivat trollit, jotka kylvävät eripuraa ja vastakkainasettelua ihan vain siksi, ettei syntyisi moniarvoista ja monipuolista ajatustenvaihtoa.

Kuinka paljon ajatuksistamme on todella omiamme ja kuinka paljon provokaattorien meihin istuttamia, on aika mielenkiintoinen kysymys, mutta tässä yhteydessä taas vetoan tuhatjalkaisen kohtaloon...

Niin, nämä vaikuttajatahot, jotka synnyttivät sotia ja kaatoivat hallituksia ovat tulleet vihdoin valokeilaan. Toki niiden toiminnasta on kertonut jo mm. Julian Assange, jota myös on jahdattu kuin eläintä. Toki hän teknisesti ottaen rikkoi lakia, mutta niin rikkoivat nekin, jotka hän paljasti.

Hän kuitenkin poikkesi siitä yleisestä narratiivista, jolla maailmaa meille tarjotaan.

Kaikki ei ole sitä, miltä sen halutaan näyttävän. Sitten kun vielä huomioidaan kaikki foliohatut ja salaliittoteoriat, joista osa jopa todellisia, elämme todella kompleksisessa maailmassa. Joskus on mukavinta katsella söpöjä kissavideoita. Kuvaavaa on, että niitäkin jotkut mielensäpahoittajat usein paheksuvat.

12. Eriarvoisuus

"Arvaa oma tilasi,
anna arvo toisellekin"

Urho Kekkonen,

entinen presidenttimme

Olemme viimeisten vuosisatojen aikana kehittäneet paljon järjestelmiä ja sopimuksia, joiden tarkoituksena olisi vähentää eriarvoisuutta. Myös rauhaa on haluttu maan päälle oikeudenmukaisuudesta yleensä nyt sitten puhumattakaan.

Tulokset ovat olleet vaihtelevia. Aina on niitä, jotka haluavan vähän enemmän...

Tuntuu, että pyrkimys parempaan ja oikeudenmukaiseen maailmaan on enemmän prosessi kuin jokin virstanpylväs. Sopimuksissakin luotettavinta on paperi...

Edelleen elämme maailmassa, jossa ihmisillä on hyvin erilaiset mahdollisuudet elää elämäänsä riippuen siitä, minne ovat syntyneet. Eväät elämään poikkeavat myös siitä, mihin tuloluokkaan on onnistunut/joutunut.

Viheliäisimmissäkin banaanitasavalloissa eliitti voi taloudellisesti hyvin ja kykenee turvaamaan elämänsä. Eliitillä myös on omat edunvalvojansa sekä yleensä myös julkinen sana levittämässä valittua maailmankatsomusta, joka pitää huolen siitä, että kansalle tarjottava kuva on heille edullinen.

Kapinalliset tuomitaan kansan viholliseksi joko väkivalloin tai sitten ainakin yleisen paheksunnan kautta.

Tämä on yhteiskunnan kehityksen kannalta valitettavaa, sillä asioiden näkeminen vain rajoitetusta näkökulmasta estää uusien ja välttämättömienkin parannusten esille tulon. Joskus 70-luvulla puhuttiin siitä, että rivikansalaisillakin olisi mahdollisuus vaikuttaa elämäänsä. Nyt valta on karannut Brysseliin ja jopa Washingtoniin.

Vaaleissa suurin ryhmä on Nukkuvien Puolue. Tämä antaa aika huonon kuvan demokratian tilasta. Vaihtoehtojen puute on yleensä syynä äänestämättömyyteen. On selvää, että jos kansalla olisi selkeitä vaihtoehtoja yhteiskunnan kehittämiseen, jokainen voisi tykönään punnita, mikä on tärkeätä juuri hänen elämässään.

Elämässä on muitakin arvoja kuin raha. Tämä tuntuu vaikealta uskoa nykyisessä taloudellista kasvua uskontonaan pitävässä ideologiassa.

Ideologiahan neoliberalismi kuitenkin on vaikka sitä meille luonnonlakina markkinoidaankin.

Se on mullistanut maailmaa viimeiset puoli vuosisataa. Ja nimenomaan eriarvoisuutta synnyttää se, että vain liikevoitot merkitsevät olipa kysymys sitten vaikka terveydenhoidosta tai koko infrastruktuurista.

Jos talouspolitiikka perustuu harvojen voittoihin ja muiden elämiseen enemmän tai vähemmän velaksi tulonsiirroilla, ei voida puhua kovin onnistuneesta ideologiasta.

Missä ovat sen toimivat vaihtoehdot?

"Kaikkihan haluavat tulla miljonääriksi..." kuulostaa ensilukemalta itsestäänselvältä ja viattomalta toteamukselta.

Ilmaiset ämpärit houkuttelevat ihmisiä ostamaan vaikka tietävätkin, että kyseessä on laskelmoitu markkinointitemppu.

Pyramidihuijauksiin ja tilikaappauksiin lankeaa moni edelleen kaikista varoituksista huolimatta.

Neoliberalismi syntyi – tai synnytettiin – vastavoimaksi ammattiyhdistyksille ja kansanvaltaisille järjestelmille. Se myytiin kuitenkin aatteena, joka vapauttaa ihmiset byrokratiasta ja keskitetystä vallasta.

Kuulosti varmasti hienolta, että jokainen voisi ryhtyä yrittäjäksi sen sijaan, että tyytyisi olemaan palkansaaja.

Työn ja pääoman vastakkaiset edut ovat kuitenkin edelleen olemassa. Ne lähentyvät vain järjestelmässä, jossa niistä voi neuvottelemalla saada kohtuullisen ratkaisun.

Sanelemalla ongelma ei poistu, olipa sitten tuloksena proletariaatin diktatuuri tai pelkästään kapitalismin saneludiktatuuri.

Kun asioita tarkastellaan pelkästään taloudelliselta kannalta, voidaan nykytila nähdä aika pitkälle feodalistisena.

Eliitti elää omassa hermeettisessä kuplassaan ja sille taas osattomien tila ei käytännön tasolla avaudu.

Eriarvoisuus on luonut maailmasta paikan, jossa ihmiset elävät hyvin erilaisissa todellisuuksissa ja siinä, missä oligarkit elävät kyltymättömyydessä, huono-osaisimmat elävät toivottomuudessa, jossa ei valoa näy.

Kun vielä näitä erilaisia kuplia on enemmänkin, ihmisten toiminta perustuu enemmän erillisyyteen kuin yhteistoimintaan.

Osattomat haaveilevat miljonääriksi tulemisesta ja yläluokka taas katsoo oikeudekseen syyllistämällä ja alistamisella tuomita suuren osan ihmisistä toivottomuuteen.

Ei niin kovin kaunis kuva planeettamme ihmisistä 2000-luvun kolmannella vuosikymmenellä. Kun asiaa katsoo vielä eettiseltä kannalta, ei tällainen järjestelmä pohjimmaltaan palvele ketään.

Ihmisenä oleminen perustuu tiettyjen perustarpeiden toteutumiseen kuten kaikilla elävillä organismeilla. Planetaarisessa järjestelmässä kaikki toimii täydellisesti. Häiriöt myös korjaantuvat itsestään ajan kuluessa. Ekosysteemi myös tekee omia korjausliikkeitä ja kaikki tapahtuu juuri niin kuin luonnon resurssit määrittelevät.

Politiikassa taas asiat menevät niin kuin ne ajetaan. Vallan keskittyminen on aina jollain lailla luonnotonta. Vallan kolmikantaoppi on hyvä perusta sille, että kukaan ei saa valvomatonta ja perusteetonta ylivaltaa yli muiden.

Kuitenkin ajatus siitä, että jokainen haluaisi tulla miljonääriksi jo perustaltaan sotii universumin peruslakeja vastaan.

On ymmärrettävää, että huono-osaiset haaveilevat paremmasta elämästä ja se tietenkin kannustaa yrittämään parantaa elämäänsä. Sen sijaan haave elämästä ilman vastuuta ja jättipotista minimisijoituksella on jo luonnoton. Lotossa ehkä toteutuu rikastuminen tasa-arvoisesti, mutta minusta ainakin hyväosaisten pörhistely sillä, että he ovat ansainneet oikeuden pilkata huono-osaisia on ehkä osoitus ihmisenä olemisen alhaisimmasta tilasta.

Tykkään vastata, että ei ole niitä muita, vain me, jotka olemme vastuussa tästä planeetasta kun joku tulee minulle selittämään, että ihmisten kuuluukin olla eriarvoisia ja on oikein pitää yllä järjestelmää, joka ei ole reilu.

8 miljardia ihmistä kokoamassa 8lle oligarkille alati kasvavia voittoja.

Kuulostaako kohtuulliselta?

Ei se ole kohtuullista niille harvoille voittajillekaan, koska ihmisyyden kannalta he vajoavat kyltymättömyyteen, joka on yksi kuolemansynneistä.

Kateus on tietysti toinen. Etuoikeutetut haluavat tietenkin alistettujen näkevän itsensä kadehdittavina, mutta ihmisenä olemisen kannalta tämä ei ole kovin hyvä asia.

Ihminen voi kasvaa vain itsensä kokoiseksi.

8 miljardia ei siis tee kenestäkään 8 000 000 000 kertaisesti onnellisempaa kuin yksi ihminen.

Kuitenkin miljoonista haaveilevia on helppo hallita. Helpompi kuin niitä, jotka tajuavat oman kokonsa ja löytävät jollain lailla luonnollisen tilan, jossa ihmisyys toteutuu.

Se ei toteudu köyhyydessä, mutta ei välttämättä rikkaudessakaan.

Suuri materiaalinen omaisuus voi olla vankila ja omaisuuden menettäminen tila, jossa vajoaa kaiken alapuolelle.

Tällaista tapahtuu. Muuallakin kuin Las Wegasissa.

Jokainen tietysti hakee onnea omalla tavallaan. Amerikan perustuslakia muokanneet vapaat miehet (naiset, lapset ja orjat eivät tietysti päässeet päätöksentekoon) katsoivat tarpeelliseksi sisällyttää siihen jokaiselle oikeuden onnen tavoitteluun.

Hienolta kuulostava asia, mutta ilman todellista sisältöä arvoton lause.

Onni on yksilöllinen ja sitä paitsi usein hetkellinen olotila. Kuitenkin varmasti parempi tavoite kuin pyrkimys toisen ihmisen nujertamiseen.

Ihmisenä olemiseen kuuluu myös mahdollisuus nauttia luonnosta (Rousseau)

Oikeus ilmaista itseään ja tuntojaan ilman pelkoa (Voltaire)

Mahdollisuus elää maailmassa, jossa hallitsee oikeudenmukaisuus (Montesquieu)

Palaamme siis valistuksen ajan henkeen, jolloin luotiin perusta paremmalle maailmalle.

Monenlaista on tapahtunut sen jälkeen, mutta varsinkin viime vuosikymmeninä on alkanut tuntua siltä, että olemme palaamassa feodaaliajalle.

Internet, josta ainakin minä odotin paljon, on yleensä taantunut mainospaikaksi, jossa aatteita myydään kuin lauantaimakkaraa tarjouksilla. Ajattelua rikastavat keskustelut, jotka perustuvat keskinäiseen arvostukseen ja näkökulmien vertailuun ovat harvinaisia. Yleisempää on päätyminen loanheittokisaan ja opponentin häpäisyyn sekä mitätöintiin.

Kohtaanto-ongelmat ovat maailman suurin kehityseste. Toinen on tietysti vallan epätasapaino. Nämä yhdessä tekevät planeetastamme epämukavan kaikille.

Ja kuitenkin ratkaisu olisi niin yksinkertainen kuin keskinäinen arvostus ja se, että vahvempi tukisi heikompaa ja erilaisia näkökulmia vertailemalla voisimme kaikki hyötyä keskusteluista.

(Kiitos, Eino Leino.)

Politiikka on perustaltaan yhteisten asioiden hoitoa.

Onko se sitä kun pelkästään puoluekuri jo estää kehittävät keskustelut?

Näitä asioita olen usein pohtinut ja aika ajoin on tuntunut hyvin lohduttomalta. Tämäkin kuitenkin palvelee niitä jotka eivät halua tasaveroista keskustelua.

Kaiken tämän keskellä tärkeäksi muodostuu oman tilan löytäminen ja toisaalta yhteys lajikumppaneihin . Yhdessä voimme löytää keinoja parempaan kehitykseen sekä myös ihmisyyden toteutumiseen itsessämme.

Eino Leino peräänkuulutti jo yli sata vuotta sitten ajan johtajaa. Kannattaa kuitenkin olla hyvin tarkkana, kenen lippua kantaa ja ketä seuraa. Hyvin helposti johtaja tulee sanomaan, että ellet ole puolellani, olet vastaan.

Ja kukaan meistä ei voi aina ja kaikissa tilanteissa olla oikeassa. Oma ajattelu sen sijaan kertoo sen, mikä juuri minulle voisi olla ratkaisu.

Tasapainon löytäminen jo kelpaa elämän tavoitteeksi vaikka joka päivä.

Voimme olla vain yksinkertaisesti onnellisia. Jaettuna tämä tila voi kyllä kaksinkertaistua, jos satumme löytämään kumppanin, jonka kanssa yhteys toimii.

Tai kumppaneita.

Yhteys ihmisten välillä voi olla elämän hienoin kokemus.

Tosin se ei ole mahdollista kaikkien välillä.

Yksin kuitenkin tulemme ja yksin lähdemme.

13. Resilienssi

" Epäilemättä kaikki on hyvin

Ja kaikki *o n* hyvin huonosti

-epäilemättä"

Pablo Neruda

Chileläinen runoilija

(Runosta Maan Tasalta)

Suomalaisuuteen on liitetty ainakin ennen vanhaan ominaisuus nimeltään SISU. Karun maan raivaaminen viljelyskelpoiseksi on vaatinut rankkaa työtä ja voimia sekä kestävyyttä.

Kestävyys voisi olla oikea käännös tuolle lainasanalle, mutta resilienssi on muutakin. Myös sisu on suomalaisittain määritelty periksiantamattomuudeksi – jopa jääräpäisyydeksi.

Ihmisenä oleminen voi joskus vaatia huikeitakin ponnistuksia olosuhteista riippuen.

Kun tämän kirjan aiheena on ihmiseksi kasvaminen, pitäisi ensin määritellä, mitä on olla ihminen.

Siitä on varmasti 8 miljardia näkemystä, mutta olennaista on, voimmeko kasvaa koko mittaamme ja elää täysipainoista elämää tällä planeetalla. Ensisijaisesti tähän vaikuttaa tietysti asuinpaikkamme ja asemamme yhteiskunnassa.

Ovatko elämän perusasiat kunnossa? Onko meillä asunto, ruokaa ja riittävästi turvallista tilaa toimia.

Tietyt perusasiat ovat välttämättömiä, mutta myös elämän mielekkyys kuuluu niihin.

Työ on tietenkin elämän perusoikeus, jonka kautta liitymme muuhun yhteiskuntaan.

"Työvoima on valtiovallan erityisessä suojeluksessa". Kuulostaa hyvältä, mutta mitä tämä käytännössä tarkoittaa? Voisi ajatella, että valtiovallan tehtävänä on taata oikeus työhön kaikille. Ja vielä, että myös työsuojelu kuuluu perusoikeuksiin.

Massatyöttömyydestä on kuitenkin viime vuosikymmeninä tullut kestoilmiö ja suuri osa meistä on ainakin jossain elämävaiheessa joutunut työttömäksi tai sen uhan alaiseksi.

Mitä silloin tarkoittaa erityinen suojelu? Se on hienosti muotoiltu fraasi.

Työ voi olla mukavaa tai rankkaa riippuen siitä, miten hyvin se sopii luontaisiin ominaisuuksiimme. Kaikki eivät pääse toiveammatteihinsa. Myöskään ansiot eivät aina automaattisesti määräydy työn vaativuuden mukaan. Rahan ylivalta on tehnyt ihmisten työstä myytävää markkinatavaraa vaikka työ luontaisesti kuuluisi ihmisen perustarpeisiin ja työn kautta hyvinvointimme voitaisiin taata sekä materiaalisella että henkisellä tasolla.

Yhteiskuntaan kuulumisen tarve on tärkeä ihmiselle, mutta tärkeää on myös ihmisen sisäinen integriteetti. Jos joutuu myymään itsensä elääkseen, hinnan täytyy olla hyvä, jotta siinä olisi mieltä.

Kuitenkin olennaista on se, että elämän tulisi olla ihmisarvoista kaikissa olosuhteissa. Tämä valistuksen ajalta peräisin oleva määritelmä on aika lailla yleisesti hyväksytty elämän perusarvoksi.

Toteutuuko se, on toinen juttu.

Eriarvoisuus on edelleen köyhyyden ohella maailman suurimpia ongelmia, vaikka se ei Suomessa (vielä) näykään niin räikeästi kuin monissa muissa köyhemmissä maissa.

Elämme eräässä maailman rikkaimmassa maassa. Kerjäläiset ja asunnottomat eivät näy meillä katukuvassa kuten esimerkiksi Yhdysvalloissa, joka sentään on meitäkin rikkaampi maa.

Tilastojen mukaan olemme maailman onnellisin maa.

Kun tarkkailee ihmisten ilmeitä ja toimintaa, on sitä varsin vaikeata uskoa. Talvella varsinkin.

Sisun voi ymmärtää myös niin, että ankara punnertaminen ei salli iloa, jota pidetään jotenkin jopa tuomittavana. Tämä lienee perintöä ajalta, jolloin elämä oli todella vaatimatonta ja karua.

Silloinkin pärjättiin.

Nyt ei ne nuoret...

Mielensäpahoittajaa voi pitää huvittavana hahmona, mutta käytännön elämässä tämä Heikki Kinnusen mainiosti tulkitsema tyyppi on tavattavissa kulman pubeissa ja toreilla ympäri maata.

"Kaikki on huonosti ja ihmiset ovat pahoja...ennen sentään oli paremmin..."

Tämä kuoreen suojautuminen voi olla yksi selviämismuoto monimutkaisessa yhteiskunnassa, jossa kuitenkin joudumme selviämään samalla aivorakenteella kuin luolamies, jonka elämä oli rankkaa, mutta selkeämpää.

Vaarat olivat luolan ulkopuolella ja tärkeätä oli löytää suoja niitä vastaan.

Kestävyyttä tarvittiin silloin ja niin tarvitaan nykyäänkin.

Ulkoisesti elämme helpommassa maailmassa, mutta onko se pelkästään siunauksellista?

Meistä tulee helposti nurisijoita, jos emme ole kasvaneet arvostamaan elämää. Valitamme pienistäkin asioista, vaikka olisimme itse etuoikeutettuja muihin nähden. Otamme etuoikeutemme itsestäänselvänä kuten myös se, että asioiden pitäisi mennä juuri niin kuin Minä Haluan.

Tässä on yksi eriarvoisuuden perusta.

Viime aikoina on varsinkin poliittisella kentällä tullut hyväksytyksi asenne, että pakolaiset ovat ensisijaisesti maan sisäinen ongelma. Heitä ei pitäisi ns. hyysätä. Tämä on tietysti ymmärrettävää, koska suuri osa oman maan väestä on ajautunut tulonsiirtojen varaan.

Työstä on tullut vähitellen yhä harvempien (etu-)oikeus ja osattomuus periytyy kuten suuret omaisuudetkin.

Menestyjiksi valikoituvat usein vielä ne, joiden empatiakyky on keskimääräistä alhaisempi.

Kuitenkin vain yhdessä toimien voimme pitää huolta tästä planeetasta.

Maailma ei ole valmis.

Ja kuitenkin tässäkin maailmassa pitäisi pärjätä.

Kestävyyttä tarvitaan ja tietenkin myös energiaa, jolla jaksaa.

Jos jokainen haluaa maksimipotin minimisijoituksella, maailma hajoaa helposti ja elämän edellytykset vähenevät.

Vallassa olevilla ei ole halua luopua asemastaan, sillä vaihtoehtona on putoaminen.

Ei mitään uutta auringon alla.

Kuitenkin maailma elää ja muutos vain on jatkuvaa.

Hallitsijoiden kannalta hyvän itsetunnon omaava valistunut kansalainen voidaan nähdä vihollisena itselle.

Niinpä vankiloissa istuu kansalaisia, jotka muuten voisivat olla terveelle yhteiskunnalle suureksi avuksi.

Millainen sitten on terve yhteiskunta?

Sellainen, jossa asuu ihmisiä, joiden elämää arvostetaan.

Meillä oli sotien jälkeen lähes täystyöllisyys ja yhteiskunnan rakentamisessa tarvittiin kaikkien panosta. Motivaatiota ei tarvinnut kyseenalaistaa. Kaikesta ankeudesta huolimatta ihmiset katsoivat luottavaisesti tulevaisuuteen ja elämässä oli optimismia.

14. Ihminen ihmiselle ihminen

Ajatustemme inhimillisyys
on terveytemme mitta

Kurt Vonnegut

Amerikkalainen kirjailija

Jos minulta kysyttäisiin mitkä ovat ihmiskunnan tuhoisimpia ismejä, vastaisin, että egoismi ja materialismi.

Kukaan ei kysy, mutta näinpä vastaisin.

Perusteluja ei tarvitse kaukaa etsiä kun tarkkailee maailmaa, jossa elämme.

Mikä tahansa aate voi liian pitkälle vietynä muuttua irvikuvakseen ja – kuten tunnettua – äidinmaitoonkin voi tukehtua.

Kuitenkin alun perin useimpien aatteiden tarkoituksena on ollut parantaa eikä tuhota.

Ehkä on niin, että kukin voima tarvitsee vastavoiman. Ihan kuin yin/yang ajattelussa.

Kuitenkin egoismi on aatteena jo pelkästään yksilöä arvostava ja pyrkii hyödyntämään pahimmillaan kaiken ympärillä olevan yhden kohteen hyväksi.

Toisaalta ilman itsestä huolehtimista aika nopeasti menehtyisimme täällä. Itsestä täytyy huolehtia ja luontokappaleina olemme avuttomia varsinkin tällä pallonpuoliskolla vuodenaikojen vaihtelun armoilla.

Luonto ei silti ole vihollisemme. Materialismissa siitä kuitenkin tulee sellainen, jos näemme sen vain pohjattomana hyödyntämisen kohteena.

Omassa ajattelussani huomaan palaavani usein valistuksen ajan ajattelijoihin Voltaireen, Rousseauun ja Montesquieuun.

Voltairelta sananvapaus. Rousseaulta luonnon arvostus ja Montesquieulta vallan jako-oppi.

Innostuksessaan ihmiset helposti sortuvat ylilyönteihin ja mopo niin sanotusti karkaa käsistä.

Tällä hetkellä suurimpia ongelmia ovat ympäristön tuhoutuminen ja elämäntapamme vaativan energian rajallisuus. Myös kommunikoinnin vaikeudesta johtuva alttius sotiin ja konflikteihin, jotka taas johtavat pakolaisongelmaan, jonka ratkaisemiseen ei riitä halua vaan ihmisiä kuolee Välimerellä jatkuvasti yrittäessään päästä sotien alta parempaan elämään, jota ei haluta jakaa täällä, koska meilläkään ei hyvinvointia riitä kaikille.

Aikamoinen ongelmavyyhti.

Kun vielä mediakin välittää meille valikoituihin näkökulmiin perustuvaa ja poliittisesti värittynyttä maailmankuvaa, voi sanoa, että elämme enemmän tai vähemmän kriisien keskellä. Ajatusten sekamelskassa.

Vaikka saisimme maailmasta todenmukaistakin kuvaa, voi se silti olla niin musertava, että elämä tuntuu aika ajoin kestämättömältä.

Seurauksena monia mielenterveysongelmia, joita taas ei päästä hoitamaan kun julkinen talous on rapautunut hyväosaisten verohelpotusten ynnä muiden omituisuuksien vuoksi.

Yritä siinä sitten uskoa tulevaisuuteen. Varsinkaan hyvään sellaiseen...

Muutos on ennemmin tai myöhemmin kuitenkin välttämätön

Hiljattain puhuttiin jo ydinaseiden käytöstä kun Ukrainassa maailman valtapolitiikka kärjistyi periksiantamattomuuteen, josta onneksi nyt olemme vähän pääsemässä.

Maailmanlopun kello näytti 90 sekuntia vaille keskiyötä.

Ei mitenkään kunniaksi lajillemme, jonka sentään pitäisi olla älykäs.

Näin suuri määrä ihmisiä rajallisella planeetalla on tietysti jo sinällään haaste, mutta huonoilla asenteilla siitä voi tulla katastrofi.

Minulla ei ole mitään patenttiratkaisua, joka helposti ratkaisisi planeettamme ja sen asukkaiden ongelmat.

Itse asiassa usein ajattelen, että ainoat merkittävät ihmisten keksinnöt ovat musiikki ja rakkaus.

Eräässä Kurt Vonnegutin romaanissa meitä kehittyneemmältä planeetalta raketilla matkaava kulkija joutuu tilanteeseen, jossa hänen alukseensa tulee vika.

Vian korjaamiseen tarvitaan varaosa.

Onneksi kyseisellä planeetalla käytetään energiamuotona UTOa eli Universaalista Tahtoa Olemassaoloon, joten kulkija – muistaakseni vielä Salo nimeltään – keksii luoda planeetan. Onhan hänen energialähteensä lähes rajaton.

Planeetta on tietysti maa . Ja varaosa kierrejousi.

Näinpä Salo saattoi jatkaa matkaansa toiselle planeetalle mukanaan viesti: "Terveisiä".

Minusta tämä on riemukkain, mutta myös surullisin selitys planeettamme olemassaololle.

Kierrejousen kehittämisen jälkeen tietysti planeetta on hyödytön...

Jatkanko? Vai kuulostaako liian lohduttomalta?

Me kuitenkin itse luomme oman mikrokosmoksemme. Elämme hyvin paljolti mielikuvissamme, sillä meillä ei ole käytössämme rajatonta tilaa. Joudumme tekemään valintoja kaiken aikaa sen mukaan, millaisissa olosuhteissa elämme. Vapauttamalla energiamme toimintaan murehtimisen sijaan voimme vapauttaa sitä ratkaisujen löytämiseen.

Tähän tarvitsemme toisiamme, sillä vaikka varsinkin supermenestyneet ihmiset mielellään kehuskelevat päässeensä elämässään huipulle omalla työllään ja tarmokkuudellaan, he liioittelevat, sillä kaikki me tarvitsemme muita.

Aika lailla epäreilua onkin se kuinka narratiivit kertovat kuninkaista ja ruhtinaista ja heidän rakentamistaan kauniista rakennuksista vaikka käytännössä useimmiten ne on rakennettu orjatyövoimalla.

Epämiellyttävät totuudet eivät ole kovin seksikkäitä.

Kaipaamme arvostusta huomiotaloudessa, mutta jos emme sitä itse kykene antamaan, miten voisimme vaatia sitä muilta?

Olen tavannut elämäni aikana hyvin monenlaisia ihmisiä.

Monenlaisten ammattien harjoittajia myös kätilöstä haudankaivajaan. Jokaisella oma tarinansa.

Mielenkiintoista, miten tuntemani haudankaivaja vaihtoi ammattia mielenterveyshoitajaksi ja kätilöstä taas tuli matkatoimiston omistaja. Molemmat olivat tyytyväisiä ammatinvaihtoonsa.

Jokainen ihminen on kohdattavissa monella tavalla.

Parhaiten tietysti tulemme toimeen kaltaistemme kanssa. Liian suuret asenne- ja mielipide-erot saattavat ennen pitkää johtaa vaikeuksiin. Toisaalta erilaisuudet voivat myös rikastaa.

Nyky-Suomessa usein joutuu myös usein vaihtamaan ammattia, koska työelämä on varsinkin viimeisten kolmenkymmenen vuoden aikana muuttunut aika lailla rakenteeltaan. Enää ei voi olla varma siitä, että koulunpenkiltä siirtyy suoraan työpaikalle, jossa jatkaa eläkeikään asti.

Minun nuoruudessani ja kotikaupungissani sellainen oli melkein säännönmukaista.

Onko se hyvä vai huono? En osaa sanoa. Ehkä on hyväksi oppia ymmärtämään erilaisia ihmisiä ja opetella erilaisia ammatteja.

Joku voi olla kanssani jyrkästi eri mieltä ja totta tietysti on, että yksi elämän tukipilareista on jonkinlainen ennustettavuus.

Eläminen jatkuvassa epävarmuudessa tulevaisuuden pelossa voi olla todella rankkaa.

Joku mainosmies on todennut, että varsin pitkäaikaisen mielikuvan muodostamme toisistamme ensikohtaamisella. Tämän voi huomata kun kohtaamme jonkun ihmisen sattumalta jossain. Riippuen omasta mielialastamme ja energiatilasta saatamme saada vieraasta henkilöstä joko myönteisen tai kielteisen ensivaikutelman. Tämän muuttaminen on tietysti mahdollista, mutta ei kovin helppoa.

Sokkotreffit on yksi tapaamisen muoto. Nykyisin Tinder-tyyppisten sovellusten aikakaudella voi kohdata myös tyypin, jota voi hyvällä syyllä sanoa sarjadeittailijaksi. En itse usko tällaisten sovellusten toimivuuteen, sillä ihminen on muutakin kuin ulospäin näkyvä kulissi.

Enemmän nämä sovellukset ovatkin ajanvietettä kuin oikeasti kumppanin löytämistä. Tosin sellaistakin tapahtuu ja varmasti on onnellista, jos kohtaa elämänsä rakkauden tätä kautta.

Yleisempää kuitenkin on että kaksi vaatimuslistaa ja mielikuvaa eivät kohtaa. Ihmiseen tutustuminen vaatii aikaa.

Se on kuin sipulin kuorintaa, sanotaan. Joskus itkettää. Mutta parhaimmillaan nauretaan yhdessä. Jaetut kokemukset myös yhdistävät. Parhaimmillaan. Pahimmillaan tietysti erottavat.

Tie toiseen ihmiseen voi olla kevyt ja helppo tai rankka ja melkein toivoton.

Kaikenlaista.

Muistan vielä tätini, joka eli ysikymppiseksi.

Hänellä oli sydämen sivistystä ja kykyä tulla toimeen monenlaisten ihmisten kanssa. Maailma erotti meidät vuosikymmeniksi ja kun vuosituhannen alussa tapasimme pitkän tauon jälkeen , oli kuin olisimme vastikään eronneet. Jatkoimme jutustelua luontevasti siitä, mihin olimme 1970-luvulla jääneet.

Siinä tapaamisessa oli lämpöä ja iloa.

Kaarina-tätiä muistan vieläkin lämmöllä.

Myös monia muita ysikymppisiä ihmisiä, joilta olen oppinut kestäviä elämänarvoja.Siihen ikään asti eläminen edellyttää, että on tehnyt ainakin jotain oikein.

Eräs heistä kertoi pitkän ikänsä salaisuuden olevan hersyvä huumori ja avoin mieli. Häneltä myös kuulin viisauden, että köyhällä ei ole varaa huonoon laatuun. Hän jaksoi vielä 95-vuotiaanakin kutoa torkkupeittoja. Yhden niistä sain häneltä lahjaksi ja se lämmittää vieläkin kuten hänen muistonsa.

Jonkinlainen empatia on edellytys kohtaamiselle. Jos sellaista ei ole, ihmiset tulevat ja menevät koskettamatta. Kuin laivat sumuisella merellä.

Vaistomaisesti etsimme kaltaistemme seuraa, mutta joskus myös yritämme löytää yhteyttä erilaisiin ihmisiin ja seurauksena voi olla monenlaisia haavoittumisia.

Freudilaisesti etsimme parannusta vielä sitten samanlaisista tyypeistä, jotka ovat ennenkin meitä haavoittaneet. Sellainen kuluttaa ja helposti ajaudumme tilaan, jossa emme pääse lopulta ketään lähellemme.

Surullista, mutta niin perin juurin yleistä. Niinpä meitä vaeltaa täällä suuri määrä yksinäisiä sieluja etsimässä yhteyttä. Ja vaikka sellainen olisikin näkyvissä, patoutuneet tunteet voivat karkottaa hänet luotamme. Toinen taas ei uskalla suhteeseen omien traumojensa vuoksi. Kohtaanto-ongelmia.

15. Keinoäly vai tunneäly

"Aatteleppa ite !"

Jope Ruonansuu,
Ihminen (R.I.P.)

AI- keinoäly – on jo täällä. Se on – kuten moni muukin keksintö- hyvä renki, mutta ei niin kovin hyvä isäntä, jos pääsee päättämään yksin.

Ihmisen ohjelmoimana siitä voi tulla aikamoinen despootti ja silloin emme varmasti tykkää sen toiminnasta.

Tietotekniikassa se on varmasti suuri apu ja onhan sellainenkin AI sovellus, joka osaa kääntää kielestä toiseen. Tämä helpottaa ihmisten välistä ymmärrystä, joka on aika keskeinen asia, jos halutaan välttää kaikkein räikeimpiä väärinymmärryksiä. Tietyin rajoituksin...

Toisaalta, kuten la Rochefoucauld on todennut, sanat ovat ihmisellä pääasiallisesti siksi, että hän voisi niillä peittää todelliset ajatuksensa.

No, monia näkemyksiä.

Jos keinoäly huomaa epäloogisuuden ajattelussamme, se on silti riippuvainen sille syötetystä järjestelmästä. Ihminen taas on monisyinen kokonaisuus, jolle äly ja järki ovat vain osa toimintamme perustaa. Päätöksemme perustuvat hyvin paljon tunneperäisyyteen ja moniin kokemuspohjaisiin uskomuksiin.

Scifileffojen skenaario voisi olla sekin, että kun AI huomaa, miten epäloogisesti toimimme ja miten tuhoamme elämän perustaa täällä, robotit päättävätkin ottaa vallan ja poistaa Homo Sapiens lajin koko planeetalta.

Tätähän me emme halua, emmehän?

Apuvälineenä keinoäly on kuitenkin aika verraton.

Pidämme aikaamme jotenkin edistyksen huippuna ja naureskelemme vanhoille ajoille, jolloin ei ollut kännyköitä, läppäreitä tai sähköautoja. Kaikilla aloilla tekniikka ei silti ole tuonut hyvää kehitystä.

Yksi esimerkki varsinkin täällä länsimaissa on rakennuskulttuuri. Kun ennen rakennettiin kestävää ja kaunista arkkitehtuuria, nykyisin on muotia rakentaa vain muotia. Sama koskee muutakin infrastruktuuriin liittyvää.

Tämä tietysti on osa Neoliberalismia, joka perustuu sijoitusvoittoihin, eikä ensisijaisesti kestävyys- tai kauneusarvoihin.

Käynti Roomassa antaa hyvän esimerkin.

Kävelin Via Appia Anticaa, joka johtaa Roomasta Brindisiin. Tämä kivetty tie on rakennettu jotain 2000 vuotta sitten ja on yhä kunnossa kuten näkyy.

Kun taas kotipuolessa tiet ovat vähän niin ja näin, vaikka ne olisi rakennettu kallispalkkaisten arkkitehtien ja insinöörien neuvoilla, tulen miettineeksi, onkohan kaikki sittenkään mennyt kehityksen suuntaan.

Halvalla saa halpaa...

Niinikään Rooman keskustassa on vieläkin pystyssä – no, Colosseum vähän niin ja näin – esimerkkejä vanhasta ja kestävästä arkkitehtuurista.

Lähempänäkin on säilytetty vanhoja rakennuksia. Suomessa kuitenkin nähdäkseni vähemmän kuin muualla Euroopassa.

Joskus 1960-70-luvuilla meillä vallitsi modernismi-innostus. Muovitalot sentään jäivät lyhyeksi villitykseksi, mutta muovin käyttäminen eristeenä valitettavasti loi hometalokulttuurin, jossa unohdettiin kaikki vanhat hyvät rakennusperinteet. Kuten rossipohja ja yläpohjan tuuletus.

Muodinoikut helposti saavat innostumaan jostain ihan vain siksi, että se on uutta. Moderna ja hienoa.

Ja pienessä maassa vain yksi näkemys kerrallaan vallitsee. Ja wannabe-kulttuuri.

Nykyisin onneksi jo rakennetaan vähän ajatellumpia asuntoja, mutta 1970-luvun laatikkotalot tehtiin samalta pohjalta kuin Aaltosen kenkätehtaan pakkaukset. Kiireisesti ja ilman kauneusarvoja, joita pidettiin hidasteena ja kustannusrasitteena.

Rahassa onkin vaikeata mitata sitä, miten viihtyvyyteen vaikuttavat esteettiset arvot. Kuitenkin sillä, millaisessa ympäristössä elämme on merkittävä vaikutus elämäämme.

Harmaat elementtitalot voivat toimia ihmisten säilytyspaikkoina, mutta innostusta ne eivät herätä.

Ehkä ajatuksena onkin ollut olla huomaamaton, ettei loukkaa kenenkään esteettistä makua.

Tämä taas liittyy suomalaiseen ajatteluun niin, että vaatii rohkeutta ja vahvaa itsetuntoa nousta puolustamaan muuta kuin taloudellista etua näinä päivinä.

Ei ole varaa, sanotaan.

Silti rakennetaan kiireellä muutaman vuoden kuluttua korjattavaa rakennuskantaa. Kalliiksi tulee sekin.

Rahaa tuntuu olevan enemmän kuin koskaan, mutta vain tietyissä valituissa paikoissa.

Keinoäly voisi tässä tapauksessa oikein ohjelmoituna neuvoa infrastruktuurinkin järkevässä suunnittelussa. Tunnepuolelta taas voisi ottaa esteettiset arvot, jotta ihmisten viihtyvyys myös voisi vähentää ympäristön levotonta yleisilmettä. Yhteistoiminnassa voisimme asua viihtyisämmässä ympäristössä.

Ennen rakennettiin varsinkin julkisia rakennuksia hyvinkin tarkasti suunniteltuina ja myös yksityiskohtiin riitti huomiota.

En kuulu kuitenkaan niihin, jotka kaipaavat vanhoja "hyviä" aikoja, sillä kaikella kohtuudella täytyy todeta myös, että nämä Rooman tiet ja rakennukset syntyivät pääasiassa orjatyövoimalla. Kunnian niistä ottivat tietenkin hallitsijat. Ainakin historiankirjoituksissa. Joita sitä paitsi kirjoitetaan aina kulloisenkin voittajan näkemyksen mukaan. Via Appia Antica oli myös vain roomalaisille sotilaille rakennettu.

Mitähän mietti roomalainen orja latoessaan kiviä loputtomalla tietyömaalla, jonka tarkoituksena oli toimia voittoisten sotajoukkojen kotiinpaluun kulkuväylänä? Eipä tainnut osata kirjoittaa edes.

Historia on mielenkiintoista, mutta eniten siinä kiinnostaa se, mistä ei ole kirjoitettu. Sankaritarinat ja sotavoitot on kyllä monin tavoin dokumentoitu ja ylisanoja ei säästetä kun oman puolen saavutuksia korostetaan.

Ei mitään uutta auringon alla, sanoi jo kuningas Salomo.

Ja niin taisi sanoa Mika Waltarin Sinuhekin. Mika ei muuten tosiaan koskaan käynyt Egyptissä, mutta oivan kirjan kuitenkin kirjoitti ihmisen olemuksesta yleensä. Egypti oli vain tapahtumapaikka.

No mutta nyt mentiin vähän ulos tästä AI teemasta.

Tunneäly on ehkä ihmisen ominaisuuksista kaikkein erityisin. Kykenemme näkemään asiat paitsi järjellä niin myös tunteella. Tätä tässä painotin kun puhuin rakennusten estetiikasta.

Ei ole niinkään yhdentekevää, millaisessa ympäristössä elämme.

Mitä enemmän vaihtoehtoja meillä on tarjolla, sitä paremmin voimme valita, mikä voisi toimia optimaalisesti.

Keinoäly voi kieltämättä tarjota uusia näkymiä, mutta haasteena on, että sekin toimii vain ihmisen ohjelmoimana.

Epilogi

"Tunne itsesi!"

Muinaiskreikkalainen aforismi

Tänä talvena on maailmalla tapahtunut jälleen paljon. Presidentin vaihtuminen Valkoisessa Talossa Yhdysvalloissa on tuonut yllättäviäkin muutoksia.

Ehkä suurin on paljastus siitä, miten pyrkimyksessään olemaan ainoa suurvalta, hallinto on luonut USAID-järjestelmän, joka on sekaaantunut lähes jokaisen maailman valtion asioihin. Tuloksena useimmiten sotia ja konflikteja. Hallituksia on kaadettu ja nostettu.

Nyt tätä järjestelmää aletaan purkaa ja keskittyä maan omiin asioihin. Jos näin todella tapahtuu, merkitsee se suurta käännettä maailmassa.

Näyttää myös siltä, että olemme matkalla kohti moninapaista maailmaa. Kiina on jo kehittynyt talousmahdiksi maailmassa, mutta myös Intia on nousemassa itsensä kokoiseksi. Radikaalein on kuitenkin muutos Venäjän ja Yhdysvaltain suhteissa. Tämän vuoksi on alettu rakentamaan rauhaa Ukrainaan.

Tulevaisuus näyttää, onnistutaanko maailmaan luomaan uusi järjestys, joka olisi oikeudenmukaisempi ja vähemmän tuhoava kuin nykyinen.

Tavallisen ihmisen kannalta olisi parempi, jos muuallakin kuin USA:ssa kansalaiset voisivat saada aikaan muutoksia.

Euroopassa eletään vielä vanhaa järjestelmää, jossa valtaa pitää talouseliitti ja apua haetaan sotateollisuuden kasvusta.

Se ei kuulosta kovin hyvältä.

Tilannekuvaa päivittäessä kuitenkin tuntuu, että se muuttuu melkein päivittäin.

Kotimaassa valtamedia jauhaa edelleen samaa levyä, että Vladimir Putin keksi 3 vuotta sitten sodan ja Pahuuden ja ilman mitään syytä hyökkäsi Ukrainaan ja kaikkien täytyy vihata häntä ja tuhota siinä sivussa Venäjä, joka sentään on kohtalaisen suuri valtio.

Jätin noiden narratiivien seuraamisen aikoja sitten, joten en myöskään haaskaa aikaani tarkoitushakuisten kauhukuvien seuraamiseen. Iltapäivälehdet pitävät tehtävänään tarjota meille päivittäin jokin Putin-arvaus ja toinen pakollinen lööppi kertoo minulle, mikä vaarallinen tauti minulla *voi* olla.

Onneksi myös todenmukaisempaa informaatiota on tarjolla nykyisin.

Elän kuitenkin vain omaa elämääni, enkä juuri voi vaikuttaa kansainväliseen politiikkaan. En myöskään ole huomannut, että viha hoitaisi mitään paremmaksi.

Jos sellaista tuntee, on hyvä hakeutua terapiaan. Jos sellaista nimittäin on tarjolla.

On olennaista tunnistaa itsensä ja olla menemättä liikaa muiden ohjaamiin projekteihin. Poliitikkojen lupaukset jo tiedetään, mutta muutenkin on hyvä luottaa omiin vaistoihinsa. Mieluummin kuin trendsettereihin ja maksettuihin influenssereihin. Niitä riittää humpuukikauppiaista sodanlietsojiin.

Nämä viime aikojen paljastukset eivät ole tulleet minulle varsinaisesti yllätyksenä, sillä olen kokenut vaistollani, että meitä ohjaillaan aina tiettyyn suuntaan.

Olisi tietysti mukavampaa, jos voisi luottaa näihin johdattajiin, mutta parempi ajatella itse kuin joutua väärään joukkoon .

Itsetuntemus on tärkeä asia.

Zen-ajattelu auttaa pysymään kokonaisena ja rauhallisenakin vaikka ulkona myrskyäisi. Elämme kuitenkin omassa kehossamme, joten hyvä pitää se kunnossa.

Yhteys muihin ihmisiiin on kuitenkin tärkeä, mutta ei pitäisi väheksyä luontoyhteyttä.

Unohtamatta eläimiä. Leikkisyys voi yhdistää ilman sanoja ihmiset sekä koirat ja kissat. Joskus sanat voivatkin väärin ymmärrettyinä luoda enemmän sekaannusta kuin yhteyttä.

Koettu on.

Kommunikointi kuitenkin on meidän erikoisominaisuutemme, joten suomalaiskansallinen kyräily ei minusta ole kovin terveellistä.

Olisin hyvin tyytyväinen, jos näitä maailmalla käytäviä sotia voitaisiin alkaa ihan oikeasti vähentämään nyt kun yksi niiden aiheuttajista on paljastunut.

Itse en paljon pysty vaikuttamaan, mutta vaatimaton panokseni sovittelijana tuntuu tarpeelliselta monessa mielessä. On aina ilahduttavaa nähdä, miten yhteys ja ymmärrys ihmisten välillä on mahdollinen.

Joskus jo pelkästään se, että ihmiset voivat tulla kuulluksi auttaa.

Onhan paljon yleisempää, että meidät pakotetaan muiden tahtoon.

Kaikesta en voi syyttää neoliberalismia, mutta nykyinen ihmisten eristyneisyys toisistaan on surullinen ilmiö.

Kun tavoitteena on ollut joukkoliikkeiden vallan vähentäminen, ihmiset on ajettu erillisyyteen.

Vastakkainasettelulla meidät vielä ajetaan toisiamme vastaan niin, että rakentavat ja elämää rikastavat keskustelut ovat harvinaisia.

Mieluummin yritetään vaientaa opponentti ja lopulta riistää häneltä ihmisarvo, koska hän "ajattelee väärin".

Voltaire kääntyisi haudassaan.

Hänkin kyllä tajusi, että ihmiset ilman oikeaa ja monipuolista tietoa ajautuvat helposti hallittaviksi. Ja sellaisenaan passiivisiksi alamaisiksi.

Sen sijaan, että ottaisivat oman elämänsä hallintaansa.

Sodissa kuten muissakin väkivaltaan päätyneissä prosesseissa on pohjimmaltaan kysymys huonosta kommunikaatiosta. Tämä taas johtuu kyvyttömyydestä sietää erilaisuutta ja erilaisia näkemyksiä.

Näitä näkemyksiä – kuten hyvin tiedämme – on miljardeja.

Sukupolvi toisensa jälkeen joutuu kokemaan samoja kasvukipuja ennen kuin pääsee oivaltamaan, että väkivalta on ongelma, ei ratkaisu. Tämä tapahtuu myös yksilötasolla.

"Se päättyy minuun" tai "Se päättyy meihin". Helppo sanoa, mutta moniarvoisessa maailmassa ei todellakaan helppo toteuttaa.

Näemme niin helposti muissa Pahan kun emme osaa kohdata sitä itsessämme. Näin meidät on helppo saada mukaan sotimaan jopa veljiämme ja sisariamme vastaan viimeiseen hengenvetoon.

Ja mitä se auttaa?

Surkeinta tässä on vielä se, että meiltä ei aina kysytä haluammeko sitä.

Kun valitsemme ns. vahvoja johtajia, he ennen pitkää paljastuvat kyvyttömiksi neuvottelemaan - ja kaksi jääräpäätä vastakkain...

Olisi niin helppoa syyllistää toisaalta myös siitä, että alistumme niin helposti, mutta se ei olisi oikeudenmukaista. Ihmisenä kasvaminen on prosessi, jossa on helppoa joutua harhapoluille.

Jotkut ihmiset ovat jo varhain päättäneet valita tuhon tien ja heihin voi ehkä soveltaa nimitystä "pahan vallassa", mutta suurin osa meistä on kuitenkin ns. kunnon kansalaisia (Rutger Bregman), jotka haluavat vain selviytyä tässä maailmassa. Jos tälle enemmistölle jankutetaan varhaislapsuudesta asti sitä, että jotkut muut ovat pahoja ja heille ei kuulu samat oikeudet kuin meille, luodaan pohja väkivallalle ja eriarvoistamiselle.

Toinen tie on itse eriarvoisuus. Vallankumoukset ja kapinaliikkeet lähtevät tavallaan jo luonnollisesti siitä, että ihmiset nousevat vastustamaan selvää vääryyttä. Aina kapina ei kuitenkaan välttämättä kohdistu todellisiin syyllisiin, sillä ihmisten manipulointi on taitolaji, jonka valitettavasti hallitsijat osaavat.

Sovittelijana olen kohdannut tapauksia, joissa väkivallasta syytettynä onkin itse kärsinyt väkivallasta ja sitten lopulta murtunut ja ryhtynyt siihen itse.

Ehkä voitaisiin puhua pahan kierteestä, joka voi olla sukupolvien takaa kumpuava.

Sitten tietysti ihan yksinkertainen sympatia/antipatia kokemus. Joku ihminen voi ärsyttää tahallaan tai tahattomasti.

Siinäkin voi olla kysymys jostain aiemmin koetusta traumaattisesta kokemuksesta, joka triggeröi väkivaltaiset tunteet pintaan.

Vihanhallintaterapiassa näitä tunteita voi käsitellä, jos terapeutti osaa avata oikein niitä tekijöitä, jotka ovat johtaneet väkivaltaiseen käytökseen.

No joo...luolamiehelle tietysti aggressiotaito oli välttämätön, koska heti luolan suulta saattoi tulla vastaan petoja, joita vastaan piti taistella henkensä säilyttääkseen.

Selitys, että joku ihminen nyt vain on paha ei siis ihan sellaisenaan riitä, sillä se luolamies asuu meissä kaikissa ja tarvitsee vain jonkun kipinän esiin tullakseen.

Ensimmäinen askel ihmiseksi kasvamisessa on siis ymmärrykseen perustuva empatia.

Siitä eteenpäin sitten erilaisuuden ymmärtäminen. Sitten omiin tunteisiin tutustuminen. Ihmisarvon jakamattomuus myös on tärkeä asia ymmärtää.

Tietenkin loppuviimein tilanteessa, jossa on joutunut väkivaltatilanteeseen, on ne kolme tunnettua selviytymiskeinoa: taistella, paeta, leikkiä kuollutta.

Samat, jotka luolamiehelläkin oli.

Meillä on tosin vielä mahdollisuus kommunikointiin, mutta joskus on vain paras vaihtoehto olla joutumatta väkivaltatilanteisiin.

Joudun päättämään tämän kirjan varsin ristiriitaisissa tunnelmissa.

Se Suomi, johon synnyin ei enää ole sama kansalaisyhteiskunta, jossa arvostettiin ahkeruutta ja työntekoa. Moraali ja etiikka ovat myös monella lailla kadonneet ja tilalle tullut pelkkä kylmä rahan valta.

Se tie on nopeasti kuljettu loppuun.

Jäljelle jää siis yksilönä kasvaminen ja olemassa olevan todellisuuden kohtaaminen.

Moni on päätynyt apatiaan tai sopeutumiseen ja ajan hengen mukaan elämiseen.

Minulle ehkä vaikeinta on ollut se, että kun aloin huomata, miten härskisti minulle on valehdeltu ja syötetty liian selvästi tunnistettavaa disinformaatiota ja ideologista narratiivia asioiden tilasta, en tiedä enää mihin uskoa.

Neuvostoliiton kaaduttua meillekin tuli koko voimalla neoliberalismi, joka taas synnytettiin kaatamaan vasemmiston ja työväenliikkeen joukkovoima sekä korvaamaan se itsekkyyden ja ahneuden ideologialla. Se on onnistunut tunkeutumaan yhteiskunnassa kaikkialle. Jopa ihmissuhteisiin.

Ihmisten yhteistoiminta, joka kuitenkin on lajillemme ominaista, on nykyisin entistä vaikeampaa, koska yleinen ilmapiiri kannustaa vain itsekkääseen omanvoitonpyyntiin.

Kun ennen puhuttiin keinottelusta, nykyisin puhutaan normaalista sijoitustoiminnasta silloinkin kun taloudessa ei ole enää kyse pelkästään työn ja pääoman vastakkaisuudesta vaan oletusarvoista ja kvartaalitaloudesta siihen kuuluvine pikavoittoineen, jotka lopulta valuvat hyvin pienelle joukolle ihmisiä ja yhtiöitä.

Työn arvostus on romahtanut ja suuri osa kansasta elää tulonsiirroilla. Niiden rahoitus taas on johtanut velanottoon, joka on jo osin kestämätöntä.

Euroopan Unioniin liittymisen jälkeen kotimainen päätäntävalta on siirtynyt muualle. Omien poliitikkojemme puheiden kuuntelu on aika lailla kestämätöntä, koska he eivät voi tietenkään myöntää kyvyttömyyttään hoitaa oman maamme asioita.

Ehkä suurin viime aikojen uutinen on kuitenkin ollut se, että Yhdysvallat on myöntänyt toimineensa maailmanlaajuisesti USAID ohjelman kautta niin, että hallituksia on horjutettu ja nostettu erilaisilla rahoitusmalleilla.

Asia on vielä niin tuore, että yksityiskohdat paljastuvat vasta vähitellen.

Kuitenkin moni asia näyttää olevan niin kuin olen itse havainnutkin.

Trumpin hallinto myöntää, että Neuvostoliiton kaatumisen jälkeen tehty sopimus siitä, että Nato ei laajene yhtään Saksojen yhtymisen jälkeen on tarkoituksellisesti rikottu ja laajenemisen tarkoitus on ollut hajoittaa Venäjä – kohtuullisen suuri valtio – osiin, jotta se ei muodostaisi estettä Yhdysvaltain yksinvaltiudelle.

Tämä uutinen on siis tullut Yhdysvaltain nykyhallinnolta. Ei Kremliltä. Asiasta kiinnostuneiden kannattaa seurata vaikka Jeffrey Sachsin tai John Mearsheimerin podcasteja. Tietenkin myös Washingtonin hallinnon uutisia.

Ukrainassa on kärjistynyt tämä kampanja .

Muuttuiko maailma paremmaksi kun Saddam Hussein, Osama bin Laden ja Muammar Gaddafi murhattiin?

Eipä juuri.

Ja kuitenkin heidän kaatamisensa markkinoitiin meille terrorismin vastaisena sotana.

Kyseessä oli kuitenkin projekti, joka ei ollut edes suoraan hallinnon alainen.

En yhtään pidä ajatuksesta, että olin kaiken aikaa oikeilla jäljillä.

Meillä taas alettiin myös heti 1990-luvulla valmistella kansaa tulevaan. Seurauksena on ollut nykyinen vihailmapiiri, jossa kansalaiset on myrkytetty ajatuksella, että Vladimir Putin eräänä helmikuisena aamuna kolme vuotta sitten keksi sodan ja Pahuuden lähtiessään vastustamaan venäjää puhuvien ihmisten kohtelua Ukrainan itäisissä osissa.

Hänestä tehtiin hirviö ja sitä on hoettu lähes jokaisessa lööpissä päivittäin.

En ole oikein myöskään ymmärtänyt, miksi iltsujen lööpit pelottelevat päivittäin tautien oireilla...

Mediapoolin valvoma valtamedia on suoltanut absurdia propagandaa, jota on todella vaikea uskoa, mutta kun sitä on vielä tehostettu iltapäivämediassa pelotteluilla, on kansa saatu pelonsekaiseen tilaan.

Kun vielä samanaikaisesti terveydenhoitojärjestelmämme on jo osittain myyty ja ei toimi enää entisen kansanterveyslain mukaan, olemme suoranaisessa hätätilassa.

Kun vielä itänaapuriamme on solvattu kaikilla mahdollisilla tavoilla, tuntuu koko tilamme lievästi sanottuna absurdilta.

En tietenkään puolusta Venäjän interventiota, mutta en todellakaan myös puolusta niitä muita sotia, jotka ovat saattaneet noin 100 miljoonaa ihmistä pakolaisiksi.

Nämä hädänalaiset ihmiset yrittävät päästä pois sodan keskeltä, mutta läntinen maailma torjuu heidät. Tietenkin ymmärrettävää, koska ei meilläkään mene hyvin.

Kuitenkin aikamme on paljastanut ihmisistä hirveimmät puolet. Naamiot on riisuttu.

Ikävintä onkin, että ei ole juuri mitään, mihin luottaa tässä tilanteessa.

Donald Trump on kaikista muista puolistaan huolimatta tehnyt viime aikoina selviä yrityksiä ainakin Ukrainan sodan lopettamiseksi ja toivon todella, että tämä ihmislihamylly keskellä Eurooppaa saataisiin suljetuksi ja ihmisten elämä jollain lailla normaalille tolalle.

Se, että tässä tilanteessa Eurooppa näyttää jatkavan Bidenin hallinnon Venäjän hallinnon heikentämiseen tähtäävää projektia kuulostaa todella masentavalta.

Entinen rauhan maanosa on Etykin juhlavuonna ryhtymässä Ukrainan rauhan estäjäksi ja käyttämään velkarahaa sodan jatkamiseen kunnes Venäjä tuhoutuu.

Järjetöntä minun mielestäni.

Minulla ei ole tässä tilanteessa mielessäni muuta ratkaisua kuin siirtyminen normaaliin diplomatiaan kansainvälisissä suhteissa ja Trumpin hallinto on siinä avainasemassa.

Donald Trump on kuitenkin myös vain USA:n presidentti ja katsoo asioita oman maansa kannalta.

Ikävä juttu, että olemme tähän asti uskoneet läntisen ison veljen takaavan meidän tilamme niin, että olemme voineet soittaa suutamme Venäjälle mielin määrin.

Maksun aika voi tulla piankin.

En sitä tietenkään voi toivoa, mutta se ylimielisyys, mitä meillä on osoitettu Venäjää kohtaan, on ollut lapsellista ja hyvin typerää. Natoon olisimme voineet pyrkiä ilman sitäkin.

Nyt kun näyttää siltä, että sekä Nato että myös EU natisevat liitoksissaan, maamme tilanne ei näytä kovin valoisalta.

Nyt tarvittaisiin sitä valtiomiestaitoa, joka tuntuu kadonneen jonnekin varsinkin viime aikoina.

Maailma näyttää myös siirtyvän aina vain enemmän moninapaisuuteen Kiinan taloudellisen nousun mukana. BRICS maat voivat olla tulevaisuuden talousmahti, jos emme joudu vielä hirveämpiin sotiin.

Aika apokalyptisiä näkymiä siis.

Yhden pienen ihmisen näkökulmasta vaikutusmahdollisuudet tuntuvat aika vähäisiltä.

Kun tajusin, että meille syötetään pajunköyttä todellisuudesta ja vähintäänkin muunneltua totuutta, tuntui ensin aika lailla turvattomalta. Varsinkin Mediapoolin propaganda on ollut alkeellisen typerää jankuttamista.

Sitten kuitenkin aloin uudestaan kiinnostua maailmasta yleisemminkin. Tietoa on kuitenkin saatavilla vaikka Venäjän media meillä sensuroitiinkin aikoja sitten. Näkökulmia on muitakin.

Vähitellen minulle alkoi valjeta moni asia.

Ensin tuntui, että meneillään on Lapuanliike 2.0. ja olemme menossa samalla tavalla sotaan kuin viimeksikin.

Maailma ei kuitenkaan ole sama kuin ennen Hitlerin aloittamaa tuhokauttaan.

Varmasti moni uskoi ja ehkä uskoo vieläkin, että Putinilla on samanlaiset maailmanvalloitusaikeet, mutta vähänkin asioita tutkimalla tämä on liian helppo selitys.

Minä en ole saanut luotettavaa tietoa hänen aikeistaan, mutta koko ajan olen huomannut, että hän on ollut rauhallinen ja jopa tyyni vaikka koko läntinen maailma on yrittänyt heikentää hänen maataan.

Aggressiot ovatkin olleet vahvempia meillä päin. Välillä on tuntunut siltä, että ne ovat kummunneet Ruotsin vallan ajoilta asti. Joka tapauksessa meillä on lietsottu sotakiihkoa aina kaasunaamareiden käyttöohjeita myöten.

Minun maassani. Suomessa, jota yritetään myydä maailman onnellisimpana maana. Muualla meidän Venäjävihaamme ihmetellään, koska emmehän joutuneet Viron lailla miehitetyksi.

Minäkin ihmettelen, sillä ennen tätä nykyistä Putinin demonisointia ja venäläisten dehumanisointia meillä oli hyvät kauppasuhteet naapurimaamme kanssa ja missään vaiheessa näihin aikoihin asti Venäjä ei ole osoittanut halua hyökätä Suomeen.

Vaan mitä pitäisi ajatella kun eduskunnan puhemies kannustaa tappamaan mahdollisimman paljon venäläisiä Ukrainassa.

Toivon sydämestäni, että Ukrainaan saadaan rauha. Olen jo oppinut suhtautumaan tyyneydellä niihin sotakiihkoisiin, jotka yrittävät tehdä minusta putinistia, trumpistia tai mitä niitä nimityksiä onkaan.

Kunhan eivät tule silmille hyppimään.

Universumilla on kyky palautua häiriöiden jälkeen uuteen normaaliin.

Tämän uskon tapahtuvan myös meidän planeetallamme ja maanosallamme jossain vaiheessa. Toivottavasti myös Suomessa.

Tällä hetkellä Eurooppa näyttää olevan neuvottomuuden tilassa.

Yhdysvallat selviää tästä uuden hallintonsa avulla jaloilleen. Ei ehkä enää niin suvereenina yksinvaltiaana, mutta kuitenkin viisastuneena(?)huomatessaan, miten paljon rahaa on haaskattu sotimiseen omien kansalaisten talouden kustannuksella.

Trumpilla on lunastettavana vielä paljon enemmän kuin rauha Ukrainaan ja suhteiden normalisointi Venäjän kanssa.

Mikä tulee olemaan uusi normaali Suomelle, on tätä kirjoitettaessa vielä hyvin heikosti ennustettavissa.

"Ajan johtajaa ei näy", sanoi Eino Leino yli sata vuotta sitten.

Harhaanjohtajista ei kuitenkaan ole puutetta

Inhimillistä johtajaa odotellessamme olisi hyvä ajatus palata takaisin normaaliin ihmiselämään ja sen edellyttämiin energioihin.

Sotapäälliköitä emme tarvitse vaan valtiomiehiä, jotka ovat kasvaneet omaan mittaansa.

Omasta elämästämme lähinnä kuitenkin olemme vastuussa. Käytämmekö sen turhien asioiden tavoitteluun vai etsimmekö keinoja parantaa asioita?

Kaikki muutokset lähtevät ihmisestä itsestään. Jos emme voikaan hetkessä muuttaa tätä tuhoon tuomittua vihaenergiaa, voimme itsessämme etsiä mahdollisuuksia parantaa elämänlaatua. Tunnistaa niitä asioita, jotka saavat meidät ahdistumaan ja etsimään rakentavia ratkaisuja.

Olosuhteemme poikkeavat toisistaan tietenkin paljon, mutta hyvä on muistaa, että jokainen ketju on juuri niin vahva kuin sen heikoin lenkki. Toisten kampittaminen ei auta isommassa kuvassa. Maailma elää tällä hetkellä monessa mielessä muutoksen keskellä.

Väistämättömältä näyttää, että se on siirtymässä moninapaisuuteen, sillä Pax Americana on osoittautunut liian sotaisaksi opiksi.

Mitä sen tilalle tulee, onkin sitten mielenkiintoinen kysymys.

Vanhaa valtaa halutaan tietysti puolustaa.

Britanniassakaan ei olla vielä hyväksytty täysin sen sata vuotta sitten päättynyttä maailmanvaltaa.

Kuitenkin mitä enemmän tulee ilmi asioiden oikea laita, sitä väistämättömämpää on muutos.

Joitakin ihmisiä voi huijata jonkin aikaa,

mutta kaikkia ihmisiä ei kaiken aikaa, sanotaan.

Ehkä tämä voi olla ihmiskunnan uusi aamunkoitto.

Saa nähdä.

What goes around, comes around.

Karma hoitaa.

Espoossa keväällä 2025